Geheim Agenten

Sprong in het diepe

De volgende boeken over de Geheim Agenten
zijn verschenen bij uitgeverij Kluitman:

Sprong in het diepe

Oog om oog

GEHEIM AGENTEN
SPRONG IN HET DIEPE

Sam Hutton

KLUITMAN

NEDERLANDSE
KINDERJURY
2007

Omslagontwerp: Design Team Kluitman
Omslagillustratie: Nanette Hoogslag
Nederlandse vertaling: Lydia Meeder

Nur 284/LP050601
©MMVI Nederlandse editie:
Uitgeverij Kluitman Alkmaar B.V.
©MMIII Working Partners Limited
First published in Great Britain by HarperCollins Publishers Ltd.
Oorspronkelijke titel: *Special Agents. Deep End*

www.kluitman.nl

BIJ KONINKLIJKE BESCHIKKING
HOFLEVERANCIER

PROLOOG

'Opschieten! Je ligt vijftien seconden achter op schema! Kom op!'

Het was een race tegen de klok. Ze moesten in minder dan tien minuten de kluis in en uit zien te komen.

In de krappe ruimte was het verstikkend heet. De spanning was ondraaglijk.

De zenuwen van de vijf mannen die zich in de kelder van het diamantdepot bevonden, waren tot het uiterste gespannen. Ze stonden op het punt tot de hoofdkluis door te dringen, waar vele duizenden diamanten van onschatbare waarde lagen.

De vlam van een sissende plasmasnijder wierp flakkerende schaduwen op de muren.

De grote man die instructies blafte, keek ingespannen toe. 'Lenny, hoe lang nog?' vroeg hij op strenge toon.

'Nog één minuut, Michael,' antwoordde de man met het apparaat. Hij veegde het zweet van zijn voorhoofd. 'Nog maar één minuutje.'

Het doorbranden van de dikke stalen staven vereiste grote concentratie. De smalle opslagruimte achter de deur stond vol met zwarte metalen kisten die stuk voor stuk elektronisch beveiligd waren.

'Fout antwoord! Het moet sneller!'

'Nog zeven minuten over,' kondigde een andere man aan. Hij keek op een stopwatch. Nog zes minuten en vijfenvijftig seconden. Ze konden het zich niet veroorloven om fouten te maken.

Een vierde man zat gehurkt tegen de wand. Zijn vingers vlogen over de toetsen van een laptop, vanwaaruit kabels naar een elektronisch schakelbord liepen.

Michael Stone legde zijn hand op de schouder van de man. 'John?'

Net als de anderen zat John hevig te transpireren; hij werkte op pure adrenaline. 'Bijna klaar,' zei hij. 'Bijna.'

Michaels ogen richtten zich op de laatste man, die een oortelefoontje in had.

De man knikte. 'Tot zover alles in orde.'

Om de hoek van het gebouw stond een zwart busje geparkeerd, een blok duisternis in de verlaten straat. Het was kort voor zonsopgang. De man achter het stuur wreef in zijn ogen en tuurde gespannen het donker in. Het wachten was zenuwslopend.

Lenny liet opgelucht zijn adem ontsnappen op het moment dat de laatste stalen staaf het begaf. De zware deur kiepte naar voren en viel met een oorverdovende dreun op de grond. Lenny zette de plasmasnijder uit. Even leek de tijd stil te staan. In de plotselinge stilte hoorden ze allemaal hun eigen bonkende hartslag.

'Zes minuten!' De tijd tikte genadeloos door.

Michael Stone stapte als eerste de kluis in en liet zijn blik langs de rijen zwarte kisten glijden. Er stond een roofdierachtige glans in zijn ogen. Hij draaide zich om.

'John, we wachten op je!'

'Oké, baas.' Johns vingers gleden over het toetsenbord. Er rolden allerlei codes over het scherm. Hij veegde zijn vochtige vingers af aan zijn shirt. Nu kwam het eropaan. Alle ogen waren op hem gericht.

Hij drukte de entertoets in. Meteen volgde het geluid van zeshonderd elektronische veiligheidssloten die een voor een los klikten. De kleppen van de metalen kisten vielen open in een lange, donkere golf, als een rij dominostenen die een tikje krijgt. Triomfantelijk gebaarde Michael naar binnen. 'Jongens, tast toe.' De groep mannen schoot de kluis in. Stevige zwarte tassen werden opengevouwen en bladen vol diamanten uit de kisten getild. De edelstenen tuimelden glimmend en fonkelend in de tassen. Michael keek zwijgend toe. Hij was ervan overtuigd dat hij zo meteen vijfentwintig miljoen pond rijker de deur uit zou lopen.

'Vijf minuten!'

Er stroomde een koortsachtige energie door de mannen terwijl ze handenvol diamanten in de zwarte tassen schepten. Alles verliep volgens plan. Nog een paar minuten en ze waren hier weg.

Boven aan de trap stond de deur nog steeds open. Plotseling hoorde de man met het oortelefoontje een schreeuw. Het duurde een fractie van een seconde voor tot hem doordrong wat hij hoorde. Toen riep hij: 'Politie!' Hij krabbelde haastig overeind. 'Ze hebben Ray te pakken!'

Michaels ogen werden koud. Om hem heen viel zijn goedgetrainde team uiteen. Iedereen stoof naar de trap die uit het ondergrondse depot omhoog voerde.

Maar ontsnappen was onmogelijk. Een vloedgolf van agenten stroomde de trap af en blokkeerde de uitgang. Er volgde een korte, hevige worsteling. De bende werd overmeesterd, in de boeien geslagen en afgevoerd.

Tijdens het gevecht verroerde Michael geen vin. Hij bleef onbeweeglijk staan, tot aan zijn enkels in de diamanten, en keek toe hoe zijn plannen om hem heen in duigen vielen.

Een man met kort grijs haar stapte op hem af. 'Michael Stone,' begon hij kalm en zelfverzekerd, 'ik arresteer u op verdenking van

inbraak in het diamantdepot in Hatton Garden, om tien over half-
vier in de ochtend op woensdag 17 juli. U hebt het recht om te
zwijgen. Het kan uw verdediging echter schaden als u tijdens het
verhoor iets nalaat te noemen wat u later voor het gerecht wilt
aanvoeren. Alles wat u zegt, kan tegen u gebruikt worden.'

Met een valse grijns keek Michael Stone hoofdinspecteur Jack
Cooper aan. 'Hier heb je jaren van gedroomd, hè Cooper?'

De hoofdinspecteur knikte kort. 'Het was het wachten waard,
Stone. Het was het wachten dubbel en dwars waard.' Hij draaide
zich op zijn hakken om en liet de arrestatie door zijn agenten af-
ronden.

Michael had de spijker op zijn kop geslagen. Het had inspecteur
Jack Cooper vijf jaar hard werken gekost om de crimineel te be-
trappen. Maar het was elke seconde waard geweest. Met Michael
Stone achter de tralies was de georganiseerde misdaad in Londen
een van zijn gevaarlijkste leiders kwijt.

Cooper liep de trap naar de begane grond op. Hij moest zich
voorbereiden op de onvermijdelijke persconferentie en interviews
voor het ontbijtnieuws.

'Mam! Ik kan mijn balletpakje niet vinden!' riep Maddie Cooper
vanuit haar slaapkamer over de gang.

Haar moeder kwam in de deuropening van de keuken staan. Ze
lachte om haar dochters paniekerige gedrag; het was elke ochtend hetzelfde liedje. 'Heb je al in de droger gekeken?'

Maddies rood aangelopen gezicht verscheen om de deur van
haar kamer. Haar lange blonde haar viel voor haar ogen. 'O ja!'

Geërgerd rende ze de gang in, op weg naar de wasdroger. Het
was al moeilijk genoeg om 's ochtends alles op tijd in orde te

krijgen zonder dat haar moeder haar uitlachte.

Een paar tellen later liep ze de keuken binnen, een zwart ballet-pakje in haar rugzak van de Koninklijke Balletacademie proppend. 'Eerst iets eten!' Haar moeder wees naar een stapeltje geroosterd brood.

'Geen tijd,' mompelde Maddie. Ze haalde het pakje weer uit haar rugzak om te controleren of haar maillot er ook in zat.

Haar moeder zat aan de keukentafel met een half oog naar het ochtendnieuws op het draagbare tv'tje te kijken. 'Hoe laat komen ze je ophalen?' vroeg ze.

Maddie wierp een blik op de wandklok. 'Nu!' Ze griste een snee geroosterd brood van het stapeltje en rende de gang weer op. Er was haar net te binnen geschoten dat ze nog iets in haar slaapkamer had laten liggen.

Ze was halverwege de gang toen ze haar moeder ineens hoorde roepen: 'Maddie, kom gauw! Je vader is op tv!'

Meteen stond Maddie weer in de keuken. Ze boog over de tafel en haar ogen werden groot.

Op het scherm was een persconferentie aan de gang. Een hele horde verslaggevers richtte microfoons en camera's op haar vader. Hij zag er verhit en opgelaten uit onder de felle schijnwerpers.

'Goedemorgen, dames en heren,' begon hij.

Maddie liet zich op een stoel zakken. Het was onwezenlijk haar vaders stem op tv te horen. Omdat hij al maandenlang vrijwel elke dag overwerkte, had ze geweten dat hij met een belangrijke zaak bezig was, maar ze had niet verwacht dat het zoiets groots was. 'Weet jij waar het over gaat?' vroeg ze aan haar moeder.

'Ik geloof het wel, ja. Luister!'

'Ik zal een vooraf opgestelde verklaring afleggen.' Maddies

vader keek naar een vel papier en begon de plechtige tekst voor te lezen. 'Vanochtend vroeg heeft de Londense politie, na inlichtingen uit betrouwbare bronnen, een bende inbrekers aangehouden in het diamantdepot in Hatton Garden. De bende had zich toegang weten te verschaffen tot de ondergrondse kluis en was ten tijde van de arrestatie bezig een grote hoeveelheid diamanten te ontvreemden. In afwachting van de formele tenlastelegging zijn alle arrestanten in verzekerde bewaring gesteld.'

Hoofdinspecteur Cooper keek weer op. 'Ik heb inmiddels toestemming u te vertellen dat een van de arrestanten Michael Stone is, directeur van het beveiligingsbedrijf Stonecor.'

Er steeg geroezemoes op uit de menigte. Fotocamera's flitsten.

Maddies moeder klapte in haar handen. 'Goed zo, Jack!' riep ze naar de televisie. 'Je hebt hem te pakken!'

'Heeft hij Michael Stone opgepakt?' bracht Maddie uit. 'Wauw! Te gek, pap!'

Hoewel haar vader probeerde zijn werk niet mee naar huis te nemen, wist Maddie dat hij jaren bezig was geweest met de Londense zakenman, die afkomstig was uit de achterstandswijk East End.

De verklaring ging verder met details over de criminelen die op heterdaad betrapt waren bij het leegroven van het diamantdepot.

Maddie hoorde er haast niets meer van. Ze zat glimmend van trots naar haar vader te staren. Als kind was het haar hartewens geweest om ook bij de politie te gaan en met hem samen te werken. Tot ze op ballet was gegaan. Ze was er zo aan verslingerd geraakt dat al haar interesse in het vangen van boeven naar de achtergrond was verdwenen. Toch genoot ze nu natuurlijk met volle teugen mee van haar vaders triomf.

'U hebt nu de gelegenheid om vragen te stellen,' besloot Jack Cooper. Zijn blik stond allesbehalve enthousiast.

Op het moment dat de journalisten allemaal tegelijk hun vragen begonnen af te vuren, ging bij Maddie thuis de bel.

Maddie kwam overeind en liep naar de intercom. 'Ja? Hallo?' riep ze.

'Je ritje naar school is er.' Het was de stem van Mario, de huismeester van het appartementencomplex waar het gezin Cooper woonde.

'Wil je ze even naar boven sturen, Mario? Mijn vader is op televisie.'

'Ik weet het,' zei Mario. 'Ik zit ook net te kijken. Het werd hoog tijd dat iemand die Stone van de straat haalde. Goed, ik stuur ze naar boven.'

'Bedankt.'

Twee minuten later stond Maddies klasgenote Laura Petrie samen met haar moeder in de keuken. Allebei keken ze gefascineerd naar het scherm.

Er was een reportage over Michael Stone ingelast. Hij werd neergezet als een respectabele, geslaagde zakenman, als trotse vader en als een graag geziene gast in clubs en restaurants in het chique West End.

'En achter al deze schone schijn,' klonk de commentaarstem, 'blijkt Michael Stone jarenlang aan het hoofd te hebben gestaan van een crimineel netwerk dat zich over heel Europa uitstrekt.'

'Zie je wel dat hij met iets heel belangrijks bezig was?' zei Maddie tegen Laura. Haar stem trilde van opwinding. 'Wat moet het een kick zijn als je een kopstuk als Michael Stone onderuit kunt halen.'

Laura giechelde. 'Net zo'n kick als de hoofdrol in Giselle dansen?'

'Mwah... dat nou ook weer niet!' antwoordde Maddie lachend.

Het was Laura's moeder die uiteindelijk de betovering verbrak. 'O jee!' zei ze terwijl ze naar de klok wees. 'Kijk eens naar de tijd, meiden. We komen veel te laat.'

Het was al half negen, zag Maddie nu zelf ook. De lessen begonnen over een half uur en ze moesten nog helemaal naar Richmond Park rijden.

Mevrouw Treeves tolereerde niet dat haar pupillen te laat kwamen. De danslerares hield de klas geregeld voor hoe bevoorrecht ze waren aan de Koninklijke Balletacademie te mogen studeren, en dat daar veel zelfdiscipline, toewijding en punctualiteit tegenover moesten staan. 'Ballet is de hoogste vorm van kunst en verdient het om serieus te worden genomen,' zei ze vaak.

Maddie kon mevrouw Treeves heel goed imiteren, maar ze wist dat het een riskante bezigheid was de kribbige, oude dame belachelijk te maken. Zelf vond ze het maar moeilijk het leven serieus te nemen. Er was zo veel lol te beleven. Het dansen ging haar zo goed af dat ze was uitverkoren om volgende week mee te doen aan een liefdadigheidsuitvoering van *het Zwanenmeer*. Ze zou de rol van het derde zwanenjong dansen. Zij, op het podium van de Koninklijke Opera! Alleen al bij de gedachte begonnen haar wangen te gloeien. En ze was nog niet eens zestien!

Maddie glimlachte in zichzelf. Nu Michael Stone veilig achter de tralies zat, hoefde ze niet bang te zijn dat haar vader de uitvoering zou missen.

Al met al, dacht Maddie, terwijl ze bij mevrouw Petrie in de Range Rover sprong, liep haar leven op rolletjes.

'Konden jullie het goed zien?' vroeg Maddie aan haar ouders. Via de artisteningang van de Koninklijke Opera liepen ze de straat op. 'Hebben jullie alles kunnen volgen?'

'Ja, we hadden een prima zicht op je,' antwoordde haar vader. 'En als je het mij vraagt, was jij de grote ster. Ik vond je briljant.'

'Páhap!' riep Maddie grinnikend. 'Doe niet zo raar!'

'Je was echt geweldig, lieverd,' zei haar moeder. 'Ik ben apetrots op je.'

De jaarlijkse liefdadigheidsavond bood de meestbelovende academieleerlingen de gelegenheid hun kunsten te vertonen met het beroemde Koninklijke Balletgezelschap zelf. Maddie had die kans met beide handen aangegrepen.

Ze was al dagen van tevoren bloednerveus geweest, maar toen ze eenmaal dat enorme podium op stapte, was haar onzekerheid als sneeuw voor de zon verdwenen.

' Het publiek was allang naar huis en de lichten in de schouwburgzaal waren gedimd. Het had Maddie eeuwen gekost zich los te maken van het feest in de kleedruimte. Haar ouders, die wisten hoeveel deze avond voor haar betekende, hadden geduldig op haar gewacht.

Gearmd tussen haar vader en moeder in stapte Maddie de zwoele buitenlucht in. Haar voeten leken de grond nauwelijks te raken; ze zweefde bijna van geluk. Om de geslaagde uitvoering te vieren wilde haar vader trakteren op een etentje bij een chic Italiaans restaurant hier vlakbij, maar eerst zouden ze Maddies rugzak nog even in de auto gaan leggen. Ze wandelden naar het parkeerterrein.

Maddies ogen straalden. De toekomst lachte haar toe. Het enige wat ze hoefde te doen, was haar hand uitsteken en haar vingers eromheen vouwen, en de wereld zou van haar zijn. In september zou ze doorstromen naar de bovenbouw in Covent Garden om haar balletopleiding af te maken. Als ze eenmaal geslaagd was, hoopte ze vurig te worden gevraagd bij het Koninklijk Balletgezelschap zelf te komen dansen.

Vanuit haar ooghoek zag Maddie opeens een figuur uit het donker opduiken. Ze draaide haar hoofd. Ze voelde aan dat er iets mis was.

Vreselijk mis.

De man had geen gezicht. Waar zijn gezicht had moeten zitten, zat alleen een zwarte vlek. Hij had een masker op, besefte Maddie. Waarom?

Ze voelde haar vader plotseling verstarren. De arm van de gelaatloze man kwam omhoog en Maddie hoorde haar vader iets schreeuwen terwijl de gestalte op hen af dook.

Alles leek vertraagd.

Er klonk een serie doffe knallen. Haar vader wierp zich voor zijn vrouw en dochter om hen te beschermen. Zijn lichaam schokte. Maddie voelde haar moeders hand van haar arm af glijden. Door een dreun in haar eigen zij sloeg Maddie tegen het trottoir. Verbijsterd staarde ze naar de zwarte lucht.

Terwijl Maddie hulpeloos op de grond lag, hoorde ze de gemaskerde man boven haar hoofd mompelen: 'Michael Stone wenst jullie welterusten.' Daarna draaide hij zich om en loste op in de schaduwen.

Er daalde een vreemde stilte neer. Het leek bijna vredig. Maddie voelde geen pijn, hoewel ze vaag besefte dat ze gewond was. Ze voelde zichzelf wegzweven. Ze vroeg zich af wat er met haar ouders gebeurd was en hoopte maar dat ze niks mankeerden.

Kon ze haar benen maar bewegen.

Haar ogen vielen dicht.

Om haar heen klonken allerlei opgewonden stemmen.

In de verte klonk een loeiende sirene.

Gelukkig, dacht ze.

Nu kon hun niets meer overkomen.

GEWAPENDE AANSLAG
op hoge Londense politiefunctionaris en gezin

Hoofdinspecteur Jack Cooper, zijn vrouw en hun dochter zijn gisteravond neergeschoten terwijl ze de Koninklijke Opera in Londen verlieten. Er is een massale klopjacht gaande op de gemaskerde schutter die hen kennelijk buiten het gebouw stond op te wachten.

Kort voor de tragedie hadden Jack en Eloise Cooper hun vijftienjarige dochter Madeleine nog op het podium zien dansen. Vooralsnog ontbreekt ieder spoor van de dader, die zijn slachtoffers bloedend op straat achterliet. Hoewel politie en ambulance binnen enkele minuten ter plaatse waren, konden ze mevrouw Cooper niet meer redden. De vrouw was op slag dood door de kogelregen uit een automatisch pistool. Hoofdinspecteur Cooper en zijn dochter zijn beiden zwaargewond, maar hun toestand is inmiddels stabiel.

Vanochtend vroeg heeft het ziekenhuis in een verklaring bevestigd dat hoofdinspecteur Coopers verwondingen van ernstige aard zijn en mogelijk blijvende invaliditeit tot gevolg zullen hebben. Zijn dochter Madeleine heeft een schotwond aan haar heup opgelopen.

Jack Coopers aanzienlijke loopbaan bij het Londense korps begon 21 jaar geleden aan de politieacademie in Hendon. Zijn recente arrestatie van zakenman Michael Stone is slechts een van zijn wapenfeiten. Geruchten dat Michael Stone de aanslag vanuit het huis van bewaring heeft gecoördineerd, worden door zijn advocaten nadrukkelijk tegengesproken. In hun persverklaring melden zij dat hun cliënt diep bedroefd is te horen over de dood van mevrouw Cooper en dat hij zowel hoofdinspecteur Cooper als zijn dochter een snel en voorspoedig herstel toewenst. Hij wijst alle beschuldigingen van de hand; een man in Coopers positie heeft talloze vijanden, aldus de zakenman.

Eddie Stone, Michael Stones oudste zoon en waarnemend directeur van het beveiligingsbedrijf Stonecor, was niet bereikbaar voor commentaar.

HOOFDSTUK 1

Maddie stond naar buiten te staren. Het was vreemd weer thuis te zijn na zo'n lange tijd in het ziekenhuis. Vier maanden, al leek het nog veel langer. Dit was pas haar tweede dag terug in de gewone wereld. Haar heup deed pijn en ze leunde zwaar op een kruk. Ze had nog ongeveer drie maanden intensieve fysiotherapie voor de boeg.

Met holle ogen keek ze naar de kale bomen die de noordgrens van Regent's Park aangaven. Achter de barrière van bladloze takken kon ze de grillige daken en omheiningen van de dierentuin onderscheiden. In de miezerige novemberregen leek de hele wereld grijs en dof en hopeloos. Ze streek een van haar korte blonde plukjes achter haar oor. Vanochtend had ze haar lange haar af laten knippen. Voor ballet hoefde het toch niet meer in een knot te kunnen.

'Maddie?' Laura's stem doorbrak haar sombere gedachten. 'Waarom ga je niet met ons mee naar de generale repetitie? Iedereen zou het zo leuk vinden je weer eens te zien.'

Maddie draaide zich om naar haar vriendinnen Laura en Sara die op de bank zaten. Ze kon hun bezorgde blikken bijna niet aanzien.

Het lukte haar om te glimlachen. 'Liever niet, maar toch bedankt.' Ze hinkte naar een stoel en liet zich er onhandig in zakken. 'Ik ben niet zo mobiel op het moment.'

'Dat geeft toch niet?' vond Sara.

'Jawel, dat geeft wel,' zei Maddie beslist. 'Voor mij wel.'

'Je hoeft toch alleen maar te zitten?' hield Laura vol. 'Het is de generale repetitie: in de grote zaal, iedereen in kostuum, net als bij een echte uitvoering. Je vindt het vast prachtig.' Haar gezicht stond vol medelijden. 'Kom nou mee, wie weet knap je ervan op.' Maddie stootte een kort lachje uit. 'Maak je over mij nou maar geen zorgen. Ik red me wel.'

Sara nam haar onderzoekend op. 'Echt?' vroeg ze. 'Eerlijk?'

'Het gaat naar omstandigheden prima,' praatte Maddie haar dokters na. 'Dat vinden ze in het ziekenhuis althans.' Ze gaf een tikje tegen de kruk. 'Als het goed is, ben ik over een paar weken van dit kreng af.' Ze boog voorover, spreidde haar handen en probeerde een glimlachje te voorschijn te toveren. 'Jongens, ik weet wat jullie denken, maar ik sla me er wel doorheen. Echt waar.'

De deur ging open en Maddies oma keek naar binnen. Jane Cooper was na de schietpartij bij haar zoon en kleindochter ingetrokken. 'Ik ga even boodschappen doen, Maddie,' zei ze, 'ik ben zo terug.'

'Goed hoor, oma,' zei Maddie met een geforceerde glimlach. 'Tot straks.'

'Jeetje, ik moet er niet aan denken dat ik nooit meer kan dansen,' mompelde Laura. Ze schudde haar hoofd. 'Ik zou het niet overleven!' Meteen sloeg ze haar hand voor haar mond. 'O Maddie... het spijt me. Wat zeg ik nou weer met m'n grote smoel...'

'Maakt niet uit,' zei Maddie. 'Je hoeft niet zo op je woorden te letten. Trouwens, wat zou je moeten zeggen?' Ze haalde diep adem. 'Mijn moeder is dood. Mijn vader zit waarschijnlijk voor de rest van zijn leven in een rolstoel en ik kan mijn balletopleiding verder wel vergeten. Ik kan niet eens uitleggen hoe vreselijk het is, maar... nou ja, de wereld draait gewoon door, hè? En ik moet ook verder.'

'Je bent zo flink,' bracht Sara uit. 'Het moet zo moeilijk zijn zonder je moeder.'

'Ja, maar zoals oma steeds zegt, ik heb haar nog bij me,' zei Maddie terwijl ze haar hand op haar borst legde. Ze rechtte haar schouders. 'Trouwens, pap heeft me nodig. Ik moet positief blijven, al was het maar voor hem. Hij doet keihard zijn best in het revalidatiecentrum. Als hij zo doorgaat, kan hij binnen twee maanden naar huis. Het laatste wat hij nodig heeft, is dat ik hier een beetje ga zitten kniezen. Bovendien zou mam het niet pikken als ik alles zomaar opgaf.'

'Hoe neemt je vader het eigenlijk op?' vroeg Laura.

'Hij is er behoorlijk kapot van,' gaf Maddie toe, 'en hij mist mam verschrikkelijk, net als ik. Maar zijn werk betekent heel veel voor hem. Hij krijgt een nieuwe, hele hoge functie: hoofd van PIC, het Police Investigation Command.'

'PIC?' herhaalde Sara. 'Nooit van gehoord. Wat doen ze?'

'Het is een internationale opsporingsdienst. Voor zover ik begrijp is het een elitekorps, een soort kruising tussen Special Brach, dat is de inlichtingendienst van Scotland Yard, en van MI5, de binnenlandse geheime dienst,' legde Maddie omstandig uit. 'Pap valt direct onder de minister-president. Die functie is geknipt voor hem. Nu laat hij zich door niemand meer bij het korps wegjagen. Hij wil er alles aan doen om de man die ons heeft neergeschoten te vinden.'

Het was alsof de schutter in rook was opgegaan. Scotland Yard, de recherche van de Londense politie, tastte nog in het duister over de identiteit van de gemaskerde figuur. Maddies vader was ervan overtuigd dat de opdracht van Michael Stones bedrijf, Stonecor, was gekomen. Maddie kon zich nauwelijks voorstellen hoe verbeten hij de moordenaar van zijn vrouw zou opjagen.

'En jij?' vroeg Laura. 'Wat ga jij nu doen?'

'O, ik heb wel wat ideeën,' antwoordde Maddie zonder veel enthousiasme. 'Niks definitiefs nog. Officieel ben ik nog aan het revalideren, dus ik hoef voorlopig niet naar school. Ik bedenk wel iets.'

Vlug veranderde ze van onderwerp. 'Hé, jullie mogen wel opschieten, anders komen jullie te laat. En daar zijn we hier niet van gediend!' deed ze mevrouw Treeves na.

Haar twee vriendinnen stonden lachend op.

Sara keek op haar horloge. 'Maddie, weet je zeker dat je niet meegaat?'

'Ja, maar bedankt dat je het vraagt.' Maddie hees zich moeizaam overeind. Laura stak haar armen uit om te helpen, maar bij de felle blik die Maddie haar toewierp, trok ze zich vlug weer terug.

'Het gaat best,' zei Maddie. 'Ik red me wel.' Ze keek haar vriendinnen strak aan. 'Waag het niet om medelijden met me te hebben. En vertel iedereen op de academie maar dat het prima met me gaat, oké?'

'Goed,' zei Laura.

Zwaar op haar kruk leunend liep Maddie met hen mee naar de lift. De deuren gingen vrijwel meteen open. Sara stapte naar binnen.

Laura draaide zich nog even om. 'We houden contact, hè?'

'Natuurlijk houden we contact,' antwoordde Maddie met een glimlach.

Laura's ogen waren vochtig. 'Wat ga je nu doen, Maddie? Serieus?'

Maddie haalde haar schouders op. 'Dat merk je nog wel.'

Laura stapte de lift in en de deuren begonnen zich te sluiten. Maddies dappere glimlach vervaagde terwijl ze de lift naar beneden hoorde gaan. Het geluid maakte haar intens verdrietig. Haar vriendinnen dreven van haar weg. Haar oude, vertrouwde leventje was voorgoed voorbij.

Ze hobbelde het appartement weer in en deed met een zucht de deur achter zich dicht. Het had haar zo veel energie gekost zich groot te houden tegenover haar vriendinnen. Ze mocht niet laten merken wat er werkelijk in haar omging. Hoe kon ze ook uitleggen dat haar toekomst één groot zwart gat leek? Ze zouden het toch nooit begrijpen.

In haar slaapkamer liet ze zich op bed zakken.

Toen ze eenmaal weer wat tot zichzelf was gekomen, boog ze opzij en trok de lade van haar nachtkastje open. Ze haalde er een ingelijste foto uit.

Het was een foto van Maddie met haar vader en moeder in de kleedruimte van de Koninklijke Opera, een paar minuten nadat ze op die fatale zondagavond van het podium was gekomen. Een gelukkig gezinnetje. In een ander tijdperk, een ander sterrenstelsel.

Ze staarde naar haar moeders gezicht. 'Mam, wat moet ik doen?' fluisterde ze. 'Wat moet ik nou aan met de rest van mijn leven?'

In haar achterhoofd hoorde ze een zachte maar besliste stem.

Voor elke deur die dichtgaat, gaat er een andere open, Maddie.

Maddie wreef in haar vochtige ogen. Ze kon nergens een open deur zien.

Haar blik gleed langs haar eigen, stralende gezicht. Ze kon het nog steeds niet goed aan om zichzelf te zien zoals ze was geweest. Sommige dingen waren gewoon te pijnlijk.

Toen keek ze naar het lieve, betrouwbare gezicht van haar vader. Hij had nog steeds zijn werk en daarmee de mogelijkheid mannen als haar moeders moordenaar tegen te houden...

Ineens werden Maddies ogen groot. Ze tilde haar hoofd op, knipperend alsof ze tegen de zon in keek.

'Bedankt, mam,' fluisterde ze. Ze legde de foto terug in de la. 'Ik weet al wat ik wil.'

HOOFDSTUK 2

De gestroomlijnde, donkere auto leek te zweven boven het wegdek. De vrouw achter het stuur had kort rood haar en keek zelfverzekerd uit haar groene ogen. Sinds twee weken was de vierentwintigjarige Tara Moon privé-assistente en chauffeuse van de nieuwe hoofdinspecteur van Police Investigation Command, Jack Cooper.

Vandaag, op 15 februari, bracht Tara haar baas en zijn dochter naar het hoofdkwartier van PIC.

Vandaag was het ook Maddies zestiende verjaardag.

Vroeger had Maddies moeder het kopen van de cadeautjes altijd op zich genomen; Jack Cooper had geen flauw idee wat hij zijn dochter moest geven. Bovendien, hoe vierde je een verjaardag als elke feestdag je alleen maar herinnerde aan alles wat je was kwijtgeraakt?

Maddie was zelf met een oplossing gekomen. 'Waar je me echt blij mee zou maken,' had ze een paar dagen geleden gezegd, 'is een rondleiding bij PIC.'

Ze keek ernaar uit haar vaders nieuwe kantoor te zien. De opsporingsdienst was gehuisvest op de vier bovenste verdiepingen van Centrepoint, een gewelfde toren van beton en glas die zich verhief aan het eind van New Oxford Street.

Vader en dochter leunden achterover terwijl Tara Moon de grote auto door het drukke verkeer op Euston Road manoeuvreerde. De wagen was speciaal aangepast op Jack Coopers rolstoel. Ook zaten er een satelliettelefoon en faxapparaat in, en een ingebouwde computer met e-mail en internettoegang. Maddie was diep onder de indruk.

Jack Cooper keek zijn dochter aan. 'Ben je er al uit wat je verder gaat doen, Maddie?' vroeg hij omzichtig. Ze hadden afgesproken dat Maddie de komende paar maanden zou gebruiken om haar leven op orde te krijgen, zodat ze in september weer een opleiding kon gaan volgen. Ze had dus nog ruim een half jaar te vullen.

'Ik denk het wel,' antwoordde ze aarzelend.

Er verscheen een scheve grijns op haar vaders gezicht. 'Is het soms geheim?'

Maddie lachte. 'Nee, dat niet. Ik wil alleen eerst nog wat dingen uitzoeken. Je hoort het zo snel mogelijk, oké?'

Jack Cooper knikte.

Toen de auto New Oxford Street in sloeg, ving Maddie de eerste glimp op van Centrepoint, glanzend in het magere winterzonnetje. Haar hartslag versnelde, terwijl ze zich afvroeg hoe het er bij PIC in het echt aan toeging. Hopelijk voldeed het aan al haar verwachtingen.

Haast geluidloos gleden de liftdeuren open. Maddies ogen werden groot.

Voor haar lag een immense, helderverlichte kantoortuin, die gonsde van de activiteit. Aan de wanden hingen monitorschermen waarop aldoor wisselende informatie flikkerde. Het gezoem van de talloze computers en printers werd begeleid door het zachte, snelle getik op toetsenborden. Aan het bureau het dichtst bij de lift zat een vrouw met een lichtgewicht oortelefoontje en microfoon. Ze hield een gedempt gesprek in een taal die Maddie niet kon thuisbrengen. Ze ving Maddies blik en grijnsde.

'Ik moet boven even wat zaken regelen,' zei haar vader. 'Tara zorgt zolang wel voor je, goed?' Over haar schouder keek Maddie hem aan. Het duizelde haar een beetje.

Jack Cooper knikte naar zijn assistente. 'Vijf minuten, oké?' 'Zeker, meneer,' antwoordde Tara.

Tara en Maddie stapten de lift uit. Jack Cooper ging verder naar zijn privékantoor op de bovenste verdieping.

'Wauw,' bracht Maddie uit. 'Ik weet niet wat ik zie!'

Tara lachte. 'Het is niet altijd zo'n heksenketel, hoor,' zei ze. 'Maar vrijdag komt de Russische president op staatsbezoek, vandaar die drukte. Wij moeten ervoor zorgen dat er niets onverwachts gebeurt. Als er buiten Londen iets belangrijks plaatsvindt, kan het hier compleet verlaten zijn.' Ze legde haar hand op Maddies schouder. 'Kom, dan stel ik je voor aan onze steun en toeverlaat. Dat is Jackie Saunders, onze verbindingsofficier. Zij handelt alle communicatie hier af.'

Maddie werd naar het dichtstbijzijnde bureau geleid. Jackie Saunders zat naar haar computerscherm te turen en in haar microfoontje te praten. Inmiddels was ze overgeschakeld op het Engels. 'Hoofdinspecteur Cooper is momenteel helaas niet beschikbaar,' zei ze.

Tara wapperde met haar hand voor het gezicht van de vrouw en wees naar zichzelf.

'O, een ogenblikje graag. Ik verbind u wel even door met zijn privé-assistente.'

Tara nam een ander toestel op. 'Met Tara Moon. Kan ik u van dienst zijn?'

Omdat Jackie alweer in een ander gesprek verwikkeld was, liep Maddie bij het bureau vandaan en keek naar de bedrijvigheid om haar heen. Haar buik kriebelde van opwinding bij de gedachte deel uit te maken van zo'n professioneel team. Ze vroeg zich af hoe haar vader zou reageren op het idee waar ze nu al een poosje mee speelde.

Er schoot een jongen voor haar langs. Hij bleef abrupt staan en grijnsde naar haar. Zo te zien was hij een jaar of negentien. Zijn lichtbruine haar viel over zijn bruine ogen. Hij zag er fit en gespierd uit, alsof hij veel aan sport deed.

'Hé, vandaag voor het eerst?' vroeg hij.

'Eh... ja,' antwoordde Maddie. 'Eigenlijk wel. Zoiets.'

'Ik ben Alex.'

'Ik heet Maddie.'

'Je hoeft niet zo benauwd te kijken, hoor Maddie,' zei de jongen hij opgewekt. 'Voor je het weet, voel je je hier helemaal thuis. Zeg, wil je iets voor me doen?' Hij stak haar een stevige, bruine envelop toe.

'Ik zal het proberen,' zei Maddie.

'Fijn. Breng dit even naar Kevin, oké? Dit is de brief uit Duitsland waarop hij zit te wachten.' Hij grijnsde nog eens en ging ervandoor, haar achterlatend met de envelop.

Maddie staarde de knappe jongen even na. Toen keek ze van de envelop naar de grote ruimte en weer terug.

Waarom ook niet?

Ze ging op zoek naar Kevin.

Jack Cooper drukte een knopje op zijn intercom in. 'Laat Alex Cox naar mijn kantoor komen,' zei hij. 'Nu meteen.'

Maddie fronste. 'Je gaat hem toch niet op z'n kop geven, hè?' vroeg ze. 'Als ik had geweten dat ik hem in de problemen bracht, had ik het je nooit verteld. Trouwens, het was leuk om te doen.' Ze nam haar vader taxerend op. 'We moeten even praten, pap. Ik heb een besluit genomen.'

'Dat dacht ik al.' Jack Cooper leunde achterover in zijn rolstoel. Zijn brede zwarte bureau lag bezaaid met mappen en losse papieren. Op een typetafeltje ernaast stond een computermonitor waar geometrische patronen overheen dwarrelden. Langs de wanden stonden nog meer tafels vol met stapels dossiers. Eén wand ging helemaal schuil achter een gigantische wereldkaart, een andere achter kaarten op grotere schaal van Europa en het Verenigd Koninkrijk. Jack Coopers kantoor was het zenuwcentrum van een dienst waarvan de grenzen tot ver buiten de Britse eilanden reikten.

Achter zijn rug bood een glazen pui een duizelingwekkend uitzicht op de skyline van Londen. Tussen de wirwar van al die gebouwen door zag Maddie glimpen van de Theems, en verder naar het zuiden de in nevelen gehulde, groene buitenwijken. Het koepeldak van de St. Pauls-kathedraal stak rechts van haar omhoog, links zag ze de donkere gotische spitsvormen van het West Minster-paleis, waar het parlement was gehuisvest. Op de zuidoever van de rivier stond het London Eye; een 135 meter hoog reuzenrad waarvan de constant bewegende gondels glinsterden in de felle winterzon.

'Nou, vertel maar op,' zei Maddies vader. 'Of moet ik soms raden?' Er stonden pretlichtjes in zijn ogen.

Maddie liep naar haar vaders kant van het bureau. 'Eerlijk gezegd,' begon ze, 'loop ik al een poosje met dit idee rond, maar ik wist niet hoe jij ertegenover zou staan. Wat ik het allerliefst zou willen doen, als jij het tenminste goed vindt, is...'

Haar woorden werden onderbroken door een kort klopje op de deur.

'Binnen!' riep haar vader.

Alex Cox stapte het kantoor in. 'U wilde me spreken, meneer?' Hij zag Maddie staan en glimlachte naar haar.

'Ja Alex, dat klopt.' Jack Coopers zware stem donderde door het vertrek. 'Ik wil je aan Maddie voorstellen.'

'O, wij kennen elkaar al,' zei Alex opgewekt. Hij keek haar aan. 'Heb je Kevin nog gevonden?'

'Ja hoor,' antwoordde Maddie. 'Geen probleem.'

'Maddie is mijn dochter,' bromde Jack Cooper.

Even leek Alex met stomheid geslagen, toen verspreidde zich een brede grijns over zijn gezicht. 'Oeps. Nu hoef ik vast niet meer te vragen of ik vanmiddag wat eerder weg mag,' zei hij. Hij schonk Maddie een schuldbewuste blik. 'Sorry,' zei hij. 'Ik dacht dat jij het nieuwe kantoorsloofje was.'

'Geeft niet,' zei Maddie glimlachend.

'Mijn dochter wil hier graag wat werkervaring opdoen,' zei Jack Cooper.

Verbaasd keek Maddie naar haar vader. Hoe wist hij dat?

'Ik wil dat jij haar de komende maanden onder je hoede neemt, Alex,' vervolgde hij. 'Jij en Danny kunnen haar wegwijs maken, haar uitleggen hoe we de zaken hier aanpakken. Ik stuur haar zo naar je toe. Zorg ervoor dat ze een toegangspasje krijgt en de codes weet.' Hij knikte kort. 'Dat was het.'

'Goed, meneer.' Alex draaide zich om.

'O, nog iets, Alex,' zei Cooper net voordat de jongen de gang op kon lopen. 'De volgende keer dat je een klusje wilt afschuiven, zou ik eerst even vragen wie je voor je hebt.'

'Dat had ik inmiddels ook al bedacht, meneer.' Alex trok een grimas naar Maddie en deed de deur achter zich dicht.

Maddie moest lachen. Ze mocht hem wel.

Haar vader keek haar aan. 'Nou, gefeliciteerd, Maddie,' zei hij. 'Ik hoop dat het je wat lijkt.'

Ze boog voorover en sloeg haar armen om zijn nek. 'Hoe wist je nou dat ik dit zo graag wilde?'

'Je loopt me al een maand uit te horen over PIC,' antwoordde hij. 'Zo moeilijk was het niet om uit te dokteren wat er in je hoofd omging.' Hij grinnikte. 'Ik ben opgeleid tot rechercheur, weet je nog?'

Maddie liet hem los en ging op de rand van zijn bureau zitten. 'Ik wil het serieus aanpakken, pap,' zei ze. 'Ik wil niet voorgetrokken worden omdat ik je dochter ben. Ik zal alles doen wat je zegt.'

'Fijn om te horen,' zei hij. 'Ga om te beginnen maar eens met je achterste van mijn bureau af.'

'O, sorry.' Terwijl ze eraf sprong schoot er een pijnsteek door haar heup. Haar gezicht vertrok.

'Maddie, weet je zeker dat je hieraan toe bent?' vroeg haar vader bezorgd. 'Je kunt het best nog een paar weken uitstellen.'

'Nee,' zei Maddie beslist. 'Ik wil meteen beginnen.' Ze rechtte haar schouders en tikte zogenaamd saluerend tegen haar hoofd. 'Waar moet ik me melden, hoofdinspecteur?'

'Ga Alex maar zoeken; hij helpt je wel verder.'

Ze liep naar de deur.

'O, Maddie?'

Ze draaide zich weer naar hem toe. 'Ja?'

'Dit is geen uithoudingsproef,' zei haar vader. 'Je hoeft niemand iets te bewijzen. Als je ergens mee zit, kom je direct naar mij toe, begrepen?'

'Begrepen.'

Nadat zijn dochter was verdwenen, bleef Jack Cooper nog een poosje peinzend naar de gesloten deur zitten kijken. Hij wist niet zeker of hij er verstandig aan deed, maar Maddie hier laten werken, was vast beter dan haar thuis laten wegkwijnen.

Hij zuchtte. Er kleefden risico's aan, maar zolang ze in de buurt was, kon hij tenminste een oogje in het zeil houden.

Zijn telefoon ging. 'Met Cooper.'

Aan de andere kant van de lijn klonk Jackie Saunders' stem. 'De minister van binnenlandse zaken voor u, meneer.'

Jack Cooper draaide zijn rolstoel naar het uitzicht op Londen. 'Minister, goedemorgen,' zei hij. 'Wat kan ik voor u doen?'

'Hallo, Jack,' klonk een kordate vrouwenstem. 'Ik wil de voorbereidingen voor de economische topconferentie op Hever Castle met je doornemen. Het duurt nog even voor het mei is, maar we kunnen vast beginnen met het plannen van de veiligheidsmaatregelen, en jouw dienst zal de meeste verantwoordelijkheid dragen.'

'Een moment, minister, dan roep ik het bestand op.' Hij schoof met zijn rolstoel achter zijn computer.

Hoofdinspecteur Coopers werkdag was begonnen.

Net als die van Maddie.

HOOFDSTUK 3

Het was begin mei. Maddie werkte inmiddels al twaalf weken aan Alex' zijde. Ze was een vlugge leerlinge; binnen een paar dagen had ze haar weg gevonden tussen de verschillende afdelingen van de ingewikkelde dienst. Al snel was ze erachter gekomen dat het er lang niet altijd zo chaotisch aan toeging als die eerste dag. Soms was er zelfs helemaal niets te beleven. Zoals op deze dinsdag.

'Raar hoor, het rijk alleen hebben,' zei Maddie terwijl ze naar de verlaten bureaus om zich heen keek. 'Het is zo stil.' Op een paar administratieve krachten na waren Alex en Maddie praktisch de enigen op het hoofdkwartier van PIC. Maddies vader en vrijwel alle anderen waren op Hever Castle in Kent, waar de economische topconferentie werd gehouden.

Alex zat aan het bureau tegenover haar. 'Je bedoelt saai?' vroeg hij grijnzend.

Ze lachte. 'Ja, eerlijk gezegd wel. Ik vind het prettig mensen om me heen te hebben.' Ze leunde achterover en rekte zich uit. 'Ik vraag me af hoe het met Danny gaat.'

De achttienjarige zwarte Amerikaan Danny Bell was net als Alex een rekruut die bij PIC een bliksemcarrière maakte.

Terwijl Alex en Maddie het fort bewaakten, was Danny op zijn post bij de immigratiedienst op Heathrow. Samen controleerden ze namen van de inkomende passagiers met die op de Rode Lijst van de luchthaven. Door de gegevens op de passagierslijsten te vergelijken met die van de internationale opsporingsdiensten, konden eventuele ongewenste bezoekers eruit worden gepikt. Normaal gesproken was dit een volledig geautomatiseerd proces waarbij namen, adressen en paspoortnummers met de snelheid van het licht werden gecontroleerd. Maar er was een fout in het systeem opgetreden en zolang de softwareprogrammeurs het probleem nog niet hadden opgelost, waren Alex en Maddie gedwongen de eentonige controles met de hand uit te voeren.

Danny Bell vertoonde zich hooguit twee keer per week op kantoor; hij werd meestal op locatie ingezet. Hij was door hoofdinspecteur Cooper naar PIC gehaald omdat hij zo verbazingwekkend handig was met computers en elektronica. Danny had de Mobile Surveillance Unit, de MSU, van de dienst ontworpen en ingericht. Het zag eruit als een doodgewoon bestelbusje, maar het voertuig zat vol met hypermoderne bewakings- en opsporingsapparatuur.

Tot nu toe had Maddie voornamelijk telefonisch contact met hem gehad. Met zijn ontspannen houding leek Danny haar de tegenpool van Alex, die vol rusteloze energie zat.

Alex was geboren en getogen in de wijk East End, een oude volksbuurt in het centrum van Londen. Van kind af aan had hij al bij de politie gewild. Op de politieacademie was hij een uitblinker geweest: superintelligent en razendsnel van begrip. Jack Cooper had zijn oog op hem laten vallen en voordat Alex besefte wat hem overkwam, was hij bij PIC in dienst.

Maddie zette haar kin op haar vuisten en keek hoe Alex de Rode Lijst voor het vijfde achtereenvolgende uur over het scherm liet rollen. 'Ik vraag me af hoe het op de topconferentie gaat,' mompelde ze. 'Zou er iets mis kunnen gaan?'

'Dat lijkt me sterk,' antwoordde Alex. 'Volgens mij hebben ze alles goed buiten de publiciteit weten te houden.'

'Jij had er vast wel bij willen zijn, hè?'

Alex trok een grimas. 'Jij niet dan?'

'Nou ja, erger dan dit kan het nooit zijn.' Ze gebaarde naar Alex' computer. 'Dit is zulk dodelijk saai werk.'

'Het moet nou eenmaal gebeuren,' zuchtte Alex. 'Laten we hopen dat die fout er morgen uit is.' Hij keek haar aan. 'Maar al met al heb je het hier wel naar je zin, toch?'

Maddie knikte. 'Zeker weten. Ook al vind ik die eindeloze lijsten controleren niet echt spannend. De kans dat er iets interessants uit komt is zo klein. En we doen al de hele dag niets anders. Ik begin dubbel te zien.' Ze keek naar de klok. 'Kwart over vijf,' zei ze. 'We hoeven niet lang meer, hè? Niemand merkt het als we er ietsje eerder tussenuit knijpen.'

'Oké,' zei Alex. 'Nog tien minuutjes, dan gaan we ervandoor.'

'Slavendrijver!' riep Maddie. Ze wist dat Alex net zo'n hekel had aan dit soort routinewerk als zij. Maar hij was een doorzetter, dat had ze inmiddels wel gemerkt. Gaf je hem een klus, dan zou hij die hoe dan ook tot het einde toe volbrengen.

'Zin in iets lekkers na het werk?' vroeg ze. 'Ik trakteer.' Haar oma was een paar dagen de stad uit, dus er zat thuis niemand op haar te wachten.

'Later misschien,' antwoordde Alex. 'Ik duik straks eerst een uurtje de sportzaal in om mijn spieren los te maken.' Een van de voordelen van deze baan was de goed uitgeruste sportzaal in de kelder van het gebouw. Alex gebruikte de ruimte vaak om zijn overtollige energie kwijt te raken, zeker na een hele dag zitten. Hij nam Maddie op. 'Ook zin in wat beweging?' vroeg hij. Meteen daarop fronste hij. 'O, sorry. Je heup. Dat vergat ik even.'

Op de voorgeschreven fysiotherapie na had Maddie al in geen

tien maanden iets aan lichaamsbeweging gedaan. Ze miste de adrenalinekick die je kreeg van zware inspanning.

'Weet je, volgens mij wordt het tijd dat ik dat zelf ook eens vergeet,' zei ze met glanzende ogen. 'Ik heb lang genoeg voorzichtig gedaan.'

'Oké,' zei Alex. 'De zaal gaat om halfzes open. We kunnen nog een paar lijsten doornemen voor we ermee ophouden.'

'Mooi,' verzuchtte Maddie. 'Waar waren we?'

'Middagvluchten vanuit Boston, Verenigde Staten.'

Met een klikje riep Maddie de Rode Lijst op. 'Roep maar.'

'Vlucht AA101. Verwachte aankomsttijd kwart voor zes, hal 3.' Alex toetste wat instructies in en drukte op de entertoets.

Maddie zag een rits namen voorbij flikkeren op haar scherm. De letterbrij kwam tot stilstand.

'Ik krijg een melding bij ene Grace O'Connor,' zei ze. Ze bewoog de muis. 'Eens kijken wat die op haar geweten heeft. Wil je een gokje wagen?'

'Internationale wapensmokkel,' suggereerde Alex.

'Ik hou het op fout parkeren,' zei Maddie lachend. Haar scherm vulde zich met een nieuw dossier. Het Amerikaanse wapen in de linkerbovenhoek gaf aan dat het een download was uit de FBI-bestanden. Er volgde een lijst gegevens en een foto.

De twintigjarige Grace O'Connor had een opvallend mooi gezicht, omlijst door kort blond haar. Maddies ogen werden groot. Ze wist zeker dat ze de jurk die Grace droeg, in het tijdschrift Vogue had gezien, in een artikel over het modehuis Prada. Haar opgeheven kin en de blik in haar blauwe ogen gaven haar een arrogante uitstraling, alsof ze eraan gewend was altijd haar zin te krijgen.

Maddie dubbelklikte en las de informatie die verscheen. 'Ze is in de afgelopen twee jaar tweemaal opgepakt op Logan Airport in Boston met een kleine hoeveelheid cocaïne. Geen van beide zaken is voor de rechter gekomen.'

Over het bureau boog Alex zich naar haar scherm toe. 'O nee?' vroeg hij. 'Ik vraag me af waarom.'

'Hmmm... dat staat er niet bij.'

Het dossier meldde dat haar vader Patrick Fitzgerald O'Connor heette. Naast zijn naam stond een rode stip. 'Wat betekent dat?' vroeg Maddie.

'Dat hij ook op de Rode Lijst staat,' antwoordde Alex. 'Interessant. Open hem maar, dan zien we het zo.'

Maddie klikte op zijn naam. Er verscheen een ander FBI-bestand.

Op de foto stond een gewichtig uitziende man in een duur pak. Hij had donkere, diepliggende ogen en de zelfverzekerde blik van een man met macht.

Maddie begon het dossier hardop voor te lezen. 'Patrick Fitzgerald O'Connor. Zakenman, Boston. Ook bekend als Teflon Pat. Welgesteld en invloedrijk. Eigenaar van 21 bedrijven verspreid over Amerika. Heeft zakenimperium opgebouwd met inkomsten uit criminele activiteiten, waarvoor vooralsnog geen bewijs kan worden geleverd. Bedrijven op papier wettig. Doet fikse donaties aan liefdadigheidsinstellingen en werpt zich op als een steunpilaar van de gemeenschap. Langlopend FBI-onderzoek gaande om mogelijke gronden voor een rechtszaak wegens belastingontduiking te bepalen. Dus als ik het goed begrijp,' concludeerde Maddie, 'weten ze dat hij een crimineel is, maar kunnen ze het niet bewijzen, hè?'

'Zo te horen wel, ja,' zei Alex.

'En de Grace O'Connor die vanavond op Heathrow landt, is zijn dochter?'

'Als dat zo is, zou dat verklaren waarom ze nooit veroordeeld is voor drugsbezit,' zei Alex. 'Paps heeft vast zo zijn connecties.' Hij tikte iets in op zijn toetsenbord. 'Ik kijk nog even vlug of de Grace O'Connor in ons bestand dezelfde is als die in het vliegtuig. Met een beetje geluk zijn de tickets per creditcard betaald.' Hij logde in op een andere site en het scherm veranderde.

'Hebbes!' riep hij. 'Tickets afgerekend met een American Express-platinum card op de naam van ene Grace O'Connor, Commonwealth Avenue, Boston. Het is dezelfde Grace.'

'En nu?' vroeg Maddie.

Via zijn pc toetste Alex een mobiel nummer in. Hij grijnsde naar Maddie. 'We babbelen even met Danny. Hij houdt haar bij de douane aan en controleert haar bagage. Heeft ze verdachte pakjes bij zich, dan is ze de klos. Op Brits grondgebied zal paps haar niet zo eenvoudig uit de brand kunnen helpen.'

HOOFDSTUK 4

Heathrow zag zwart van de mensen. Danny Bell haastte zich via de winkelpromenade terug naar de aankomsthallen. Na afloop van zijn dienst bij de paspoortcontrole was hij naar het dakterras gegaan om wat te ontspannen. Hij had rustig naar de landende en opstijgende vliegtuigen staan kijken toen Alex' telefoontje was binnengekomen.

Danny drukte een reeks toetsen op zijn mobieltje in, terwijl hij zich door de drommen reizigers heen wurmde. Er verscheen een computerbestand op het kleine schermpje. De foto van Grace O'Connor kwam langzaam in beeld.

Bij het zien van de mooie jonge vrouw trok Danny een wenkbrauw op.

Van top tot teen in ontwerperskleding gehuld. Het geld glinsterde achter die blauwe ogen. Een rijkeluiskindje dat op het slechte pad was geraakt. Twee keer aangehouden met drugs in haar bagage. Geen dame die leerde van haar fouten, blijkbaar. Maar ja, waarom zou je je zorgen maken als paps je wel uit de penarie haalde?

Hij las haar vaders dossier. Zijn ogen vernauwden zich. Op papier mocht O'Connor dan brandschoon zijn, zijn fortuin was gebaseerd op crimineel geld. Danny kende het type. Boeven in Armani-pak: keurig aan de buitenkant en puur vergif daaronder.

Danny wist helaas uit eigen ervaring hoe mensen als Patrick O'Connor in elkaar zaten. Precies om die reden waren hij en zijn vader naar Londen gekomen.

Een paar weken geleden, tijdens een rustig moment bij de

koffiemachine, had Danny aan Maddie verteld dat Bell niet zijn echte naam was, en dat hij en zijn vader in Londen waren via het getuigenbeschermingsprogramma van de FBI. Ze waren op de vlucht voor de maffia van Chicago, nadat zijn vader in een grote rechtzaak tegen hen had getuigd.

'Als ze ons opsporen...' Danny had een vinger over zijn keel gehaald '...liggen we binnen een dag onder het asfalt van een nieuwe snelweg.'

Geschokt had Maddie hem aangekeken. 'Dan zou ik het maar niet zo rondbazuinen als ik jou was.'

'Ik vertrouw jullie, jou en Alex,' had hij eenvoudigweg gezegd. Toen had hij haar doordringend aangekeken. 'Ik kan je toch vertrouwen, hè?'

'Ja,' had Maddie geantwoord. 'Ja, natuurlijk.'

Danny glimlachte bij de herinnering aan dat gesprek. Hij wist nog steeds niet goed waarom hij zo openhartig was geweest tegen Maddie. Ze kwam gewoon zo betrouwbaar over. Niet dat hij haar het hele verhaal had verteld. Nee, de volledige waarheid was een geheim van Danny en zijn vader.

Hij richtte zijn blik weer op het gezicht van Grace O'Connor, die hem vanaf het schermpje koel aankeek. Haar vliegtuig zou binnen een kwartier landen. En ze zou hem recht in de armen lopen.

Danny stond iets voorbij het douanepoortje. Hij pikte Grace O'Connor meteen tussen de andere passagiers uit. Ze was niet het type dat opging in de menigte. Aantrekkelijk, blond, in een bedrieglijk eenvoudige zwarte jurk, waarschijnlijk van Prada, met een elegante Louis Vuitton-handtas.

Wie zou die man naast haar zijn? Een jonge twintiger. Haar vriend zo te oordelen. Ze klampte zich aan zijn hand vast en keek telkens naar hem op alsof ze bang was dat hij zou verdwijnen als ze met haar ogen knipperde. Hij droeg een duur pak. De zoon van een hotemetoot uit Boston misschien.

Danny keek toe terwijl het stelletje zich door het gedrang een weg naar de bagageband baande. De man stapte naar voren en trok er een paar kleine koffers vanaf. Grace en haar vriend reisden lichtbepakt.

Danny schuifelde achteruit toen ze zijn richting op kwamen. Nonchalant tegen een muur geleund wachtte hij af. Grace en haar vriend liepen naar de groene doorgang. Niets aan te geven, stond er op het bord.

Vast niet, dacht Danny.

Hij haalde ze onopvallend in en dook op naast de douanebeambte achter de balie. Vluchtig liet hij zijn PIC-pasje aan de geüniformeerde vrouw zien. 'Ik vang deze passagiers op, als dat goed is.'

De medewerkster nam Danny even verbaasd op. Toen stapte ze met een knikje opzij.

Grace had de man inmiddels losgelaten, maar ze bleven dicht bij elkaar lopen. De man droeg de twee koffers. Grace kneep haar handtasje bijna fijn. Ze zag er nerveus uit, schrikachtig zelfs.

Danny stapte naar voren. Glimlachend stak hij zijn hand op om ze tegen te houden. 'Pardon,' zei hij beleefd. 'Mag ik jullie vragen even hierheen te komen?'

'Natuurlijk,' zei de man. Zijn stem klonk gespannen maar beheerst. 'Wat kunnen we voor je doen?'

'Routinekwestie,' antwoordde Danny terwijl hij naar een lage tafel gebaarde.

De douanebeambte kwam naast Danny staan en overhandigde

de man een klembord. 'Wil je dit formulier even lezen,' zei ze, 'en zeggen of je een van de genoemde artikelen bij je hebt?'

Grace hield haar handtas nu met twee handen tegen haar buik geklemd. Haar gezicht was lijkbleek. In haar ogen sluimerde nauwelijks ingehouden paniek.

De man liet zijn blik over het formulier glijden. 'Nee, ik geloof van niet,' zei hij. Met een kil glimlachje gaf hij het klembord terug. 'Was dat alles?'

Danny keek Grace aan. 'Heb je je bagage zelf ingepakt?' vroeg hij.

'Ja.' Graces stem kraakte. Ze kuchte. 'Ja, we hebben alles zelf ingepakt.' Ze wees van de ene koffer naar de andere. 'Die is van mij, en die is van Henry. Er zitten alleen maar kleren en toiletspulletjes in.'

Danny knikte. Hij maakte een onverschillig gebaar naar de handtas. 'En kun je me vertellen wat daarin zit?'

Grace opende haar mond om iets te zeggen, maar haar reisgenoot was haar voor. 'Ach, je kent het wel,' zei hij. 'Make-up, sieraadjes.' Hij glimlachte vleiend. 'Gewoon de troep die vrouwen overal mee naar toe slepen.'

Danny knikte opnieuw. 'Ik zou graag zelf even kijken, als het mag.'

Voor het eerst haperde Henry's stem. 'En als het niet mag?'

Kalm keek Danny hem aan. 'Dan zou ik ook graag zelf even kijken,' zei hij. 'Het is zo gebeurd.' Hij keek naar Grace. 'Wil je je tas even neerzetten en hem opendoen?'

Inmiddels was Danny er heilig van overtuigd dat hij iets interessants in die handtas aan zou treffen.

Grace stond hem als aan de grond genageld aan te staren. Ze

klemde haar tas tegen zich aan alsof haar leven ervan afhing.

Henry wierp haar een scherpe blik toe. 'Doe het nou maar,' mompelde hij. 'Dan zijn we er vanaf.'

Ze keek hem angstig aan.

Ja, dacht Danny, we hebben beet.

Traag zette Grace de handtas neer. Haar vingers trilden zo erg dat ze de sluiting niet open kreeg. 'Sorry,' mompelde ze.

'Rustig aan,' zei Danny gladjes.

Eindelijk sprong het slotje open. Danny trok de tas naar zich toe.

Zoals Henry al had gezegd, zat er een hoop rommel in. La Prairie-cosmetica. Wat kleine doosjes waar zo te oordelen sieraden in zaten. Danny viste er eentje uit en deed het open. Een massief gouden armband glinsterde op een voering van kastanjebruin fluweel. Hij trok zijn wenkbrauwen op maar zei niets.

Zorgvuldig doorzocht hij de rest van de tas. Kalm en systematisch zette hij alles op de tafel. Hij liet zijn vingers over de binnenvoering glijden, op zoek naar een eventuele dubbele bodem. Onderin voelde hij een klein scheurtje. Toen hij het verder opentrok, zag hij een buideltje van donkerblauw vilt. Hij trok het te voorschijn.

'Wat zit hierin?' vroeg hij aan Grace.

Ze wilde antwoorden, maar opnieuw was Henry haar voor. 'Een paar nepstenen,' zei hij vlug. 'Namaakdiamanten. Synthetisch. We hebben Graces zusje beloofd dat we hier een ketting voor haar laten maken. In Hatton Garden, je weet wel, het diamantdistrict. Ze zijn geen cent waard, hoor.'

Danny nam hem onverstoorbaar op. 'Jullie laten een gespecialiseerde juwelier in Hatton Garden een ketting maken van imitatiediamanten?' vroeg hij. 'Ze zijn geen cent waard, maar je sloopt wel een Louis Vuitton-tas om ze te verstoppen?' Hij hield zijn hoofd schuin. 'Wat een merkwaardig verhaal.' Hij trok het touwtje van het buideltje los. 'Mag ik?'

'Ze zijn nep, gegarandeerd,' zei Henry met een ongemakkelijk lachje.

Danny strooide de inhoud van het buideltje in zijn geopende hand. De douanebeambte boog zich naar voren. Minstens dertig diamanten van minimaal twee karaat glinsterden onder de neonverlichting.

De beambte fluisterde iets in Danny's oor. 'Die zijn echt.'

Danny knikte. Dit was iets heel anders dan hij had verwacht. In plaats van een zakje cocaïne had hij voor een fortuin aan gesmokkelde diamanten in zijn hand.

'Ze zijn van Grace,' zei Henry. Hij probeerde te klinken alsof hij de situatie in de hand had. 'Ze zijn privébezit. Punt uit. Er is geen enkele reden ons langer op te houden. We hebben een belangrijke afspraak. Er staat iemand op ons te wachten.'

'Het spijt me, maar diegene zal nog even geduld moeten hebben,' zei Danny. Hij richtte zijn blik op Graces bleke gezicht. 'Ik geloof niet dat dit replica's zijn. Volgens mij zijn ze echt. En in dat geval heb je heel wat uit te leggen.'

HOOFDSTUK 5

Maddie en Alex piekerden er niet meer over weg te gaan van kantoor. Als er maar een kleine kans bestond dat Danny verboden middelen in Grace O'Connors bagage aantrof, wilden ze paraat zijn wanneer hij verslag uitbracht.

Het was drie minuten over halfzeven. Het vliegtuig uit Boston was al bijna een uur geleden geland. Alex kon niet stil blijven zitten. Hij ijsbeerde heen en neer achter zijn bureau, rusteloos en ongeduldig.

Maddie staarde naar de foto van Grace O'Connor op haar pc.

'Waar is hij allemaal mee bezig?' klaagde Alex. 'De vlucht is op tijd geland. Zo lang hoeft het toch niet te duren?'

'Misschien is er oponthoud bij de bagageband,' zei Maddie. 'Zal ik hem even bellen?'

'Nee. Misschien is hij net met haar bezig. We moeten wachten tot hij zelf contact opneemt.' Alex keek op zijn horloge. 'We geven hem tot kwart voor zeven.'

Op dat moment ging de telefoon over.

Maddie dook op haar koptelefoontje af. 'Ja?'

'Je raadt nooit wat ik in mijn hand heb,' klonk Danny's stem. 'Een kleine aanwijzing: het begint met een d, en het is géén drugs.'

Vlug pakte Alex een tweede koptelefoontje op. 'Wat heb je voor ons, Danny?'

'Diamanten,' antwoordde Danny. 'Een vuistvol diamanten uit de voering van O'Connors handtas. Grace en haar vriend beweren dat ze nep zijn, maar ze zijn zo echt als wat. Moet bij elkaar een paar miljoen pond waard zijn.'

Alex fronste. 'Denk je dat Patrick O'Connor hierachter zit?'

'Dat ligt wel voor de hand, ja,' antwoordde Danny. 'Graces vriend, ene Henry Dean, zegt dat hij voor haar vader werkt. Ze zitten nu in aparte verhoorkamers, ik ga zo met ze praten. Ik dacht dat jullie wel nieuwsgierig waren naar de tussenstand.' Hij lachte. 'Volgens mij hebben we een hele grote vis aan de haak, jongens.'

'Breng verslag uit zodra het kan,' zei Alex.

'Tuurlijk.'

De verbinding werd verbroken.

Alex en Maddie keken elkaar aan.

'Dus we zijn echt iets op het spoor?' vroeg Maddie opgewonden.

Alex knikte en draaide zich naar zijn toetsenbord. 'Laten we maar eens kijken of we iets over die Henry Dean kunnen vinden.'

Henry Dean zat hevig te transpireren in zijn Brooks Brothers-kostuum. Dunne straaltjes zweet stroomden over zijn gezicht. Hij zat tegenover Danny nerveus met zijn vingers op het tafelblad te tikken. 'Dit is machtsmisbruik!' riep hij. 'We hebben niets misdaan.' Zijn ogen vlamden. 'We zijn hier als toeristen. Voor een vakantie. Zo behandel je je gasten niet.'

Danny leunde achterover in zijn stoel en zette zijn notitieblok tegen de rand van het bureau. Hij zat Henry Dean op te nemen, probeerde hoogte van hem te krijgen. 'De diamanten zijn echt, Henry,' zei hij. 'Waarom heb je daarover gelogen? Dat wekt achterdocht.'

'Ik héb niet gelogen,' protesteerde Henry. 'Voor zover ik weet, zijn de diamanten die Grace bij zich heeft, imitaties. We hadden geen van beiden reden iets anders te denken.'

'Juist.' Van hoofdinspecteur Cooper had Danny de nodige onder-vragingstechnieken geleerd. Hij tuitte zogenaamd weifelend zijn lippen en liet zijn prooi nog wat langer bungelen. Hij krabbelde iets op papier.

Henry Dean zat te liegen dat hij barstte.

Na een lange stilte vroeg Danny: 'Als de diamanten niks waard zijn, waarom zaten ze dan verstopt onder de voering van Graces tas?'

Henry's vingers hielden op met tikken. 'Weet ik veel!' snauwde hij. 'Dat moet je aan haar vragen, het is háár tas!'

Danny grijnsde. 'O, wees gerust, Henry, zij komt zo aan de beurt.' Hij wachtte even voordat hij vroeg: 'Trouwens, Henry, wat is precies je relatie met Grace?'

Henry schraapte zijn keel. 'Ze is de dochter van mijn werkgever,' zei hij. 'Patrick O'Connor heeft me gevraagd haar naar Londen te begeleiden. Hij heeft niet graag dat ze alleen reist. Je begrijpt vast wel waarom.'

'Dus je bent haar oppas?' vroeg Danny.

Henry knikte.

'Verder niets?' hield Danny vol.

'Natuurlijk niet!' snauwde Henry. 'Waar wil je nou heen?'

'Jullie kwamen hand in hand de aankomsthal in,' zei Danny. 'En de manier waarop ze naar je keek... Nou ja, als ik haar vader was, zou ik niet willen dat ze zo met mijn werknemers omging.' Danny keek Henry recht in de ogen. 'Als ik haar vader was, zou ik denken dat er achter mijn rug om iets speelde, snap je wel?'

'Ik heb niets meer te zeggen,' zei Henry abrupt. 'Behalve dat ik bezwaar maak tegen dit soort vragen. Ik wil je chef spreken.'

'Hm, dat zal moeilijk gaan,' zei Danny. 'Die is een paar dagen in Kent.'

Op dat moment ging Danny's mobieltje over. Een telefoontje van het hoofdkwartier. Het was Alex.

'We hebben die Dean nagetrokken,' zei Alex. 'Hij staat inderdaad bij O'Connor op de loonlijst, als boekhouder. Niets bijzonders. Geen strafblad. Maar Maddie heeft iets anders gevonden. Ik geef je even aan haar.'

Maddie kwam aan de lijn. 'Hoi, Danny. Ik heb hun tickets nagetrokken. Ze hebben allebei alleen een enkele reis naar Londen, betaald met Graces creditcard, maar nu komt het mooie: Henry heeft later met zijn eigen creditcard nog een los ticket gekocht. Enkele reis met Swissair naar Zürich. Hij vertrekt binnen 24 uur weer uit Londen.'

'Goh, interessant,' mompelde Danny. 'Laat het maar aan mij over. Ik bel je terug.'

Danny stak zijn mobieltje weg en grijnsde naar Henry. 'Zeg, vertel eens,' zei hij. 'Wie moet er op Grace passen wanneer jij straks in Zwitserland bent?'

Danny stond in de gang tussen de twee verhoorkamers te bellen met het hoofdkwartier van PIC. 'Zodra ik over Zwitserland begon, sloeg hij helemaal dicht,' zei hij. 'Ik krijg er geen woord meer uit. Jongens, er zit een heel raar luchtje aan deze zaak.'

'Dat idee heb ik ook, ja,' zei Alex. 'Waarom heeft hij niet om een telefoon gevraagd? Als hij hier in opdracht van Patrick O'Connor was, zou je denken dat hij meteen om zijn hulp begon te blèren.'

'Precies,' zei Danny instemmend. 'Als ik hem was, zou ik om een advocaat vragen. Of in ieder geval iemand van de Amerikaanse ambassade erbij willen hebben. Maar die vent laat het gewoon allemaal over zich heen komen en zegt niks. Ik snap het niet.'

'Wat denken jullie, jongens?' vroeg Maddie. 'Zou O'Connor zijn dochter en die boekhouder gebruiken om diamanten het land in te smokkelen?'

'Nee, dat lijkt me stug,' zei Alex. 'Dat verklaart die enkele reizen niet. Als ze hier alleen waren om illegale goederen af te leveren, zouden ze meteen weer terugvliegen. En zelfs als ze van plan waren hier vakantie te vieren, zouden ze retourtjes gekocht hebben.'

'Daar zeg je wat,' mompelde Maddie. 'Een enkeltje koop je alleen maar als je van plan bent ergens langer te blijven. Of om helemaal niet meer terug te gaan.'

'Heb je Grace al gesproken?' vroeg Alex.

'Ik ga zo naar haar toe,' antwoordde Danny. 'Misschien laat zij wat meer los wanneer ik haar vertel over Henry's geplande solotripje naar Zwitserland.'

Aan haar opgezwollen, rode ogen was duidelijk te zien dat Grace O'Connor had gehuild. Danny had een kop koffie voor haar gehaald, maar die liet ze onaangeroerd staan. Ze zat inmiddels al ruim een half uur in de kale verhoorkamer. Tijd zat om na te denken en volop zelfmedelijden te krijgen.

Grace leek echter over haar tranen heen nu ze bleekjes tegenover Danny zat. Haar rug was kaarsrecht en haar ogen stonden uitdagend.

'Ik wil naar Henry,' zei ze. 'We hebben niets verkeerd gedaan. Die diamanten zijn van mij. Ik heb ze in de voering van mijn tas verstopt omdat ik bang was dat ik beroofd zou worden als iemand het buideltje zag zitten. Zo moeilijk lijkt me dat niet te begrijpen.

Al die onzin heeft lang genoeg geduurd. Ik wil naar Henry toe. Je moet hiermee ophouden. Je moet ons laten gaan.'

'Neem een slok koffie,' zei Danny. 'Hij is best te drinken. Naar Engelse begrippen.'

'Ik wil geen koffie,' snauwde Grace. 'Ik wil hier weg.'

'Waar naar toe?' vroeg Danny.

Ze fronste. 'Sorry?'

'Het is een eenvoudige vraag,' zei Danny. 'Stel dat je weg mocht, waar zou je dan heen gaan?'

'Dat gaat je niks aan,' antwoordde Grace kil.

'Skiën misschien?' suggereerde Danny. 'Bergbeklimmen?'

De jonge vrouw keek hem verward aan. 'Waar héb je het over?'

'Over Zwitserland. Ach, dat is waar ook...' Danny knipte met zijn vingers. 'Dat vergeet ik, jij gaat niet mee naar Zwitserland, hè? Henry gaat in zijn eentje.'

Het duurde even voor zijn woorden tot haar doordrongen. 'Doe niet zo raar. Henry en ik blijven samen hier, in Londen.'

Danny schudde zijn hoofd. 'Ik vrees van niet, Grace. Je vriend heeft een enkeltje naar Zürich geboekt. Wist je dat dan niet? Heeft hij dat niet gezegd?' Danny boog voorover, gaf haar geen tijd zich te herstellen. 'Waarom vertel je niet gewoon de waarheid over die diamanten?' Hij haalde zijn PIC-pasje uit zijn portemonnee en schoof dat over de tafel naar haar toe. 'Ik werk voor de politie, Grace.'

Haar ogen werden groot van schrik. Toen vernauwden ze zich. 'Dat kan niet,' bracht ze uit. 'Daar ben je veel te jong voor.'

'Jong of oud, ik ben bevoegd je een nachtje in de cel te gooien,' zei Danny. 'Of we babbelen hier, óf ik laat je overbrengen naar het bureau. Je zegt het maar.'

Er viel een stilte terwijl Grace zijn woorden liet bezinken. 'Je hebt een Amerikaans accent,' merkte ze op. 'Zit je soms bij de FBI?'

'Nee, PIC valt onder de Britse politie.' Hij zuchtte. 'Ik word het zat dat je tegen me liegt, Grace. Vertel je me nog hoe het zit met die diamanten of blijven we hier de hele nacht zitten?'

De opstandigheid in Graces ogen begon af te brokkelen. Haar lippen trilden. 'Maar als Henry een ticket naar Zürich heeft...' begon ze.

Danny wachtte af.

Ze sloeg haar handen voor haar gezicht. 'O nee, wat heb ik gedaan?' bracht ze uit. 'Dat ik het niet gezien heb!'

Danny bleef zwijgend zitten en gaf haar een paar minuten om de schok te verwerken.

Er stonden verse tranen op haar gezicht toen ze haar hoofd ophief en hem aankeek. 'Mijn vader is erop tegen dat ik met Henry omga,' zei ze toen. 'Hij wilde me geen toestemming geven om met hem te trouwen. Daarom zijn we samen weggelopen.'

Danny was onder de indruk van de kalmte in haar stem.

'Het was Henry's idee,' vervolgde ze. 'Hij heeft alles op touw gezet. Ik moest de diamanten uit mijn vaders kluis meenemen. Mijn vader is een paar dagen van huis, dus we zouden een heel eind weg kunnen zijn voordat iemand de diamanten zou missen.'

'Je hebt de tickets met je creditcard afgerekend,' zei Danny. 'Dat was nogal dom, hè? Hoe lang dacht je dat het je vader zou hebben gekost om je op te sporen?'

Er rolden nog meer tranen over Graces wangen. 'Henry had gezegd dat ik ze contant moest betalen, maar ik was vergeten op tijd geld op te nemen, en ik wilde niet dat hij kwaad op me werd.

Dus ik heb mijn creditcard gebruikt...' Ze keek Danny aan. 'Henry wilde er zonder mij vandoor, hè? Hij wilde er met de buit tussenuit knijpen. Hij heeft nooit van me gehouden, hij was alleen op die diamanten uit.'

'Daar ziet het wel naar uit, ja,' antwoordde Danny zacht.

Haar ogen fonkelden van woede. 'Nou, dan is hij mooi tegen de lamp gelopen. En van mij hoeft hij geen hulp meer te verwachten.'

Danny nam haar op. 'Dus je hebt je vaders kluis leeggehaald, twee tickets naar Londen gekocht... Hoe had je het verder willen aanpakken?'

'We zouden hier op Heathrow iemand ontmoeten,' antwoordde Grace. 'Henry wist wie hij was, ik weet niet hoe. Die man zou ons contant betalen voor de diamanten. Henry vond dat we ze zo snel mogelijk moesten lozen.'

'Dus die man staat nu op jullie te wachten? Hier?'

'Ik neem aan van wel,' zei Grace. 'Maar dat doet er niet meer toe. Niets doet er meer toe. Ik wil naar huis!'

Danny was bang dat ze haar zelfbeheersing weer zou verliezen, maar ze vermande zich, te trots om te huilen.

'Weet je hoe die man heet?' hield hij vol.

Grace haalde diep adem. 'Bryson, dacht ik. Ja, Richard Bryson.'

Danny kwam overeind. 'Dankjewel.' Hij had zijn mobieltje al opgevist voor hij de kamer uit was. Dit moesten Alex en Maddie horen. Als die Richard Bryson in staat was om in één keer voor miljoenen dollars aan diamanten te helen, dan was hij iemand waar PIC over moest worden ingelicht, als ze hem niet allang in het vizier hadden.

'Richard Bryson?' herhaalde Maddie met een blik op Alex. 'Zegt die naam jou wat?'

Alex schudde zijn hoofd. 'Ik loop de dossiers wel even na.'

Maddie had nog steeds de foto van Grace op haar scherm staan. Via haar microfoontje sprak ze met Danny. 'Is ze in het echt net zo mooi als op de foto?'

'Nee...' klonk Danny's antwoord. 'Nog veel mooier.'

'Nou? Hoe zit het?' vroeg Maddie. 'Is het ware liefde tussen die twee?'

'Dat dacht Grace wel, ja,' antwoordde Danny. 'Maar daar was ze meteen overheen toen ze hoorde over Zürich.'

Tegenover Maddie zat Alex naar zijn scherm te staren. Hij floot tussen zijn tanden. 'Krijg nou wat.'

'Wacht even, Danny,' zei Maddie. 'Ik denk dat we iets hebben.'

'En of we iets hebben,' zei Alex. 'Luister je mee, Danny?'

'Ja.'

'Richard Bryson zit in de raad van bestuur van Stonecor.'

Maddie had het gevoel dat ze een stomp in haar maag kreeg. 'Stonecor...' fluisterde ze. 'Dat betekent dat hij voor Michael Stone werkt.' De beelden van die regenachtige avond doemden weer op.

Alex voelde een steek van medelijden toen hij zich realiseerde waarom Maddie ineens wit wegtrok. 'Dat is nog niet alles,' vervolgde hij. 'Bryson is zelfs vicevoorzitter van Stonecor. Hij is, of hij was, Michael Stones rechterhand.'

HOOFDSTUK 6

'Niet te geloven,' bracht Danny uit.

Alex las haastig verder in het dossier over Richard Bryson. 'Volgens deze gegevens was hij betrokken bij alle grote beslissingen van Michael Stone.'

'Iemand die zo nauw met Stone heeft samengewerkt moet tot over zijn oren in de smerige zaakjes zitten,' zei Danny. 'Kunnen we hem ergens voor aanhouden?'

'Nee,' antwoordde Alex. 'Hij is brandschoon. Smetteloos. Net als iedereen bij Stonecor. Nergens op te pakken.'

'Nu wel,' merkte Maddie op. 'Wel als hij met een tas vol geld op Heathrow staat om een berg gestolen diamanten te kopen. Dat is heling.'

'Dat zou het zijn geweest, ja,' kwam Danny tussenbeide, 'als we de boel niet hadden verprutst door Grace en haar vriend aan te houden voor ze hem konden benaderen.'

'Via Bryson,' mijmerde Alex, 'kunnen we misschien tot de kern van Stonecor doordringen, nu Michael Stone zelf in de cel zit. Wie weet is Eddie Stone wat minder oplettend...'

'Helaas, het is te laat,' mompelde Danny. 'De verkoop gaat niet door.'

'Kun je niet iets regelen met Grace?' vroeg Alex. 'Haar overhalen het toch door te zetten? Bryson te ontmoeten zoals afgesproken?'

'Uitgesloten,' antwoordde Danny. 'Ze is een wrak. Ze zou het nooit klaarspelen. Het enige wat ze nog wil, is de diamanten naar paps terugbrengen en doen alsof er nooit iets is gebeurd.'

Maddie staarde naar de foto van Grace O'Connor. In haar achterhoofd begon zich een idee te vormen. 'Danny,' vroeg ze, 'heeft ze die Bryson wel eens ontmoet?'

'Nee. Ze zei dat Henry alles had geregeld.'

Traag boog Maddie zich naar voren. 'Danny, kun jij uitzoeken of Bryson weet hoe Grace en Henry eruitzien?'

'Ja hoor,' zei Danny. 'Zo terug.' De verbinding werd verbroken.

Alex keek Maddie aan. 'Wat ben je van plan?' vroeg hij.

'Even geduld.' Maddie bewoog haar muis tot de foto's van Grace O'Connor en Henry Dean naast elkaar op het scherm stonden. 'Zou ik voor twintig door kunnen gaan?' vroeg ze.

Alex nam haar op. 'Ja, ik denk het wel. Hoezo?'

Ongedurig schudde Maddie haar hoofd. 'Hoe is je Amerikaanse accent?'

'Bij de schooluitvoering van Grease kreeg ik er complimenten over,' zei Alex met een verward lachje.

'Mij lukt het ook aardig.' Maddie grijnsde. 'Een van mijn beste vriendinnen komt uit Philadelphia.' Ze ging naadloos over op een Amerikaanse tongval. 'Weet je, ik deed haar een keer de hele tijd na en zo. Al die gasten vonden het helemaal te gek, weet je.'

'Verborgen talenten,' merkte Alex op. Zijn eigen stem kreeg een lijzig Amerikaans toontje. 'Eigenlijk wilde ik altijd al bij de film, je weet wel, maar mijn ouders, weet je, die waren er best wel een beetje heel erg op tegen of zo. Die zeiden dat ik beter een vaste job kon scoren.'

Maddies ogen glinsterden. 'We kunnen het, Alex! Wij kunnen ons als Grace en Henry voordoen. Wij gaan in hun plaats met Bryson praten.'

Alex dacht even na en knikte toen heftig. 'Ja, en zodra hij de diamanten aanneemt, hangt hij.'

'En wanneer de baas terugkomt van de economische top,' voegde Maddie er opgewonden aan toe, 'hebben wij een van Stonecors topmensen opgesloten wegens het helen in gestolen goederen!'

Binnen een paar minuten hing Danny weer aan de telefoon.

'Jongens?' klonk het krakerig.

'En?' vroeg Maddie. 'Hebben ze elkaar wel eens gezien?'

'Nee,' antwoordde Danny. 'Ze hebben alleen contact gehad per e-mail, meer niet.'

'Hebben ze dit soort zaken per e-mail besproken?' vroeg Maddie verbaasd. 'Is dat niet link?'

'Stonecor is een beveiligingsbedrijf, Maddie,' bracht Alex haar in herinnering. 'Hun computers zijn ondoordringbaar. PIC probeert het systeem al eeuwen te kraken, maar ze blijven ons altijd een stap voor.'

Danny's lijn kraakte opnieuw. 'Eén ding moet ik die Dean meegeven, jongens,' zei hij. 'Hij weet wanneer hij het moet opgeven. Zodra ik Richard Brysons naam noemde, kwam het hele verhaal eruit. En wat ik nu ga zeggen, geloven jullie gewoon niet.' Danny pauzeerde. 'Volgens Henry hielden Patrick O'Connor en onze hoogsteigen Michael Stone geheime besprekingen over een transatlantische samenwerking. Ze waren tot op de dag van Stones arrestatie met elkaar in overleg. Eddie Stone heeft de onderhandelingen nu overgenomen. Hun vertegenwoordigers zijn er al maanden mee bezig. Het schijnt dat er wat problemen waren, maar dat ze nu in een beslissende fase zitten.'

'Dus Henry is door de contacten tussen Stonecor en O'Connor

achter Brysons criminele activiteiten gekomen?' concludeerde Alex.

'Klopt.' Er klonk opwinding door in Danny's doorgaans kalme stem. 'Dit is het grote werk, jongens. Als we Bryson kunnen aanhouden en hem aan de praat weten te krijgen, kunnen we de hele bende misschien oprollen, hier én in Amerika. Alleen... hoe pakken we het aan?'

'Laat Maddie nou net een plannetje hebben,' zei Alex.

'Danny,' begon Maddie. 'Alex en ik kunnen ons voordoen als Grace en Henry.'

'Hè?'

'Het moet lukken, Danny,' hield Maddy vol. 'We komen meteen naar Heathrow.'

'En Danny,' voegde Alex eraan toe, 'zorg jij in de tussentijd dat Richard Bryson wordt opgeroepen. Het is al even geleden dat het vliegtuig is geland, maar ik durf te wedden dat hij er nog is. Er staat te veel geld op het spel om het nu al op te geven. Laat zijn naam omroepen en zeg dat Grace en Henry vertraging hebben opgelopen.'

'Vertraging door wat?' klonk Danny's stem.

'Verzin maar iets,' zei Maddie. 'Hou hem gewoon bezig tot wij er zijn. En Danny, heb je de diamanten nog?'

'Ja, maar...'

'Mooi,' zei Alex. 'Hou ze voor ons vast. We zullen ze nodig hebben als we dit willen klaarspelen.'

'Wacht eens...'

'Tot zo, Danny,' zei Maddie en ze verbrak de verbinding.

'Ik weet maar één manier om hiervandaan snel op Heathrow te komen, Maddie,' zei Alex op waarschuwende toon. 'Ik hoop maar dat je een sterke maag hebt.'

Vanuit de ondergrondse parkeergarage van Centrepoint kwam een zilverkleurige Ducati met slippende banden omhoog scheuren. Het schemerde al en het drukke Londense spitsuur was aangebroken.

Maddie klampte zich aan Alex vast, terwijl hij koers zette naar het westen. Tussen de auto's door schoten ze over Piccadilly Circus en langs Hyde Park Corner richting snelweg.

De felle wind sloeg Maddie in het gezicht. Haar lichaam tintelde van opwinding. Het was onvoorstelbaar, zo vlug als alles was gegaan.

Een paar uur terug hadden ze alleen een naam in een computerbestand gehad. Nu namen ze het op tegen een inter- nationaal netwerk van topcriminelen.

Als het Danny maar lukte om Richard Bryson vast te houden tot ze arriveerden. Met deze snelheid zouden ze er in elk geval in een mum van tijd zijn.

Danny stond bij de informatiebalie van American Airlines, de luchtvaartmaatschappij waarmee Grace en Henry naar Londen waren gekomen. Richard Bryson was opgeroepen, en nu kon hij alleen maar afwachten en hopen dat het bestuurslid van Stonecor zou reageren.

'Goedenavond, ik ben Richard Bryson. Ik ben opgeroepen.'

Er stond een man van in de dertig voor de balie, strak in het pak, kortgeknipt zwart haar, een hoekig, gladgeschoren gezicht. Hij had een lederen Zero Halliburton-aktetas bij zich.

Danny deed zijn best ontspannen over te komen, alsof er niets bijzonders aan de hand was, maar zijn hart hamerde in zijn borst. 'Ach, ja,' zei hij met een professioneel glimlachje. Hij bladerde wat papieren door, alsof hij iets zocht. 'Aha, hier heb ik het. Een boodschap van ene Henry Dean,' zei hij nonchalant terwijl hij opkeek om het effect van de naam in te schatten.

Richard Bryson vertrok geen spier.

'Hij wilde u laten weten dat...' Danny tuurde weer naar het papier, alsof hij de naam voor het eerst zag. '...Grace O'Connor onwel is geworden tijdens de vlucht. Ze zijn even langs bij de medische post.'

Met een lichte frons boog Richard Bryson zich voorover. 'Is het ernstig?'

'Nee, voor zover ik begreep had ze alleen wat last van misselijkheid; luchtziekte, hè?' antwoordde Danny. 'Maar ze wilde graag een arts raadplegen. Het hoeft niet lang te duren.'

Richard Bryson schoof hoofdschuddend zijn manchet omhoog en keek op zijn Rolex horloge. 'Wilt u me weer laten oproepen als ze klaar zijn?'

'Uiteraard, meneer,' antwoordde Danny beleefd.

Bryson had de balie amper de rug toegekeerd of Danny trok zijn mobieltje te voorschijn.

Alex en Maddie renden over het centrale binnenplein van de luchthaven. De rit naar Heathrow was adembenemend geweest; Alex had vol gas gegeven zodra hij de kans kreeg.

'Heb je een creditcard bij je?' vroeg Maddie.

'Ja.'

'Mooi.' Maddie kwam tot stilstand bij een plattegrond. 'Hier is niets fatsoenlijks te krijgen,' zei ze na een vluchtige blik. 'We moeten bij de vertrekhallen zijn.' Ze greep Alex bij de arm en trok hem mee.

Verwonderd keek Alex toe hoe Maddie bij de douanedoorgang een geüniformeerde beambte aansprak en haar PIC-pasje liet zien. Even later manoeuvreerde de man hen via een zijdeur de fel-verlichte winkelpromenade op.

Maddie stoof rechtstreeks op de Ferragamo-boetiek af en ver-dween naar binnen. 'Drie minuutjes!' riep ze over haar schouder.

Alex reikte naar zijn portemonnee terwijl hij haar achterna liep. 'Maddie, ik weet niet of mijn limiet wel hoog genoeg is voor deze tent. Hou je een beetje in, hè!' riep hij haar achterna.

Grinnikend trok Maddie twee jurken uit het eerste het beste rek en ze schoot de paskamer in.

Danny zat in een van de verhoorkamers. Hij liet de diamanten van zijn ene in zijn andere hand glijden. Keek hoe ze fonkelden. De vrouwelijke douanebeambte zat tegenover hem. De koffers van Grace en Henry's jassen lagen op de tafel tussen hen in.

In Henry Deans jaszak begon een mobieltje te rinkelen.

'Dat moet zo'n beetje de tiende keer zijn dat Bryson belt,' zei Danny. 'Hij wordt zeker ongeduldig.' Hij keek op zijn horloge: vier minuten over halfnegen.

Het gerinkel hield op.

Meteen daarop klonk een andere toon, deze keer uit Danny's zak. Hij haalde zijn toestel te voorschijn.

'Met Alex,' klonk een vertrouwde stem.

'Waar blijven jullie nou?' vroeg Danny. 'Als je niet opschiet, gaat Richard Bryson ervandoor.'

'Maddie moest nog even winkelen,' zei Alex.

'Hè?'

'We zijn binnen vijf minuten bij je, oké?'

Danny's mond viel open toen hij Maddie in een oogverblindende zwarte Ferragamo-jurk en op elegante hoge hakken binnen zag komen trippelen.

Maddie had nog nooit in zo'n korte tijd zoveel geld aan kleding uitgegeven. Toch had ze deze jurk en schoenen heel bewust uitgekozen. Ze nam haastig plaats aan de tafel in de verhoorkamer en begon met behulp van een zakspiegeltje de peperdure La Prairie-make-up uit Grace O'Connors handtas op te brengen.

'Hoeveel was je kwijt?' vroeg Danny.

'Dat wil je niet weten,' bromde Alex.

Danny grijnsde. 'Zoveel?'

Alex knikte. 'Ik hoop dat ik het kan declareren.'

'Vast wel,' zei Maddie. Toen grijnsde ze. 'Denk ik althans.'

Alex rolde met zijn ogen naar Danny. Zijn eigen gloednieuwe jasje en shirt hadden bij elkaar heel wat minder gekost.

Maddie legde de lippenstift neer en draaide zich naar hen toe. 'En?'

Ze knikten goedkeurend.

'Als twee druppels water,' zei Alex met een glimlach.

'Wat gebeurt er eigenlijk met de echte Grace en Henry?' vroeg Maddie.

'O, die worden nog wel een poosje zoet gehouden door de douane, maak je maar geen zorgen,' zei Danny. 'Oké, jongens,' vervolgde hij. 'Ik heb wat speeltjes uit de bus gehaald, voor het geval het niet helemaal volgens plan verloopt.' In zijn hand lagen twee korte zwarte strookjes. 'Dit zijn verklikkertjes,' legde hij uit. 'Je trekt de bovenlaag eraf om ze te activeren, en de onderkant is zelfklevend. Je kunt ze zo'n beetje overal op plakken. Wanneer ze eenmaal geactiveerd zijn, gaan ze ongeveer 12 uur mee. Ze geven een signaal af dat ik in de bus tot op tweehonderd meter afstand kan oppikken.' Danny trok een van de strookjes open en bevestigde het zorgvuldig aan de binnenkant van het buideltje waarin de diamanten zaten. Het tweede verklikkertje gaf hij aan Maddie. 'Plak maar op een onopvallend plekje.'

Maddie trok de bovenlaag los en plakte het binnen in de onderzoom van haar jurk.

'Mooi,' zei Danny. 'Nu kunnen we jou of de diamanten niet kwijtraken.' Hij draaide zich naar Alex. 'Jij krijgt een zender,' zei hij. Hij haalde een draadloos elektronisch oordopje te voorschijn, niet groter dan een punaise, en een piepklein, plat zendertje. Een lichtgewicht keelmicrofoontje werd met een ragfijn draadje aan Alex bovenste knoopje vastgemaakt.

De zender werd op Alex borst geplakt, onder zijn shirt. Eenmaal ingebracht was het oorluidsprekertje nauwelijks zichtbaar.

Alex herschikte zijn kleding.

'Perfect,' zei Danny. 'Zolang je niet grondig wordt gefouilleerd, ziet niemand er iets van.'

'Hoe dichtbij moet jij zijn om ons te kunnen horen?' vroeg Alex.

'Via mijn mobieltje kan ik tot op tien meter zenden en ontvangen,' antwoordde Danny. 'Maar in de bus heb ik versterkers, waardoor ik je tot op tweehonderd meter goed kan horen. O, Alex,' voegde hij eraan toe, 'dat oorluidsprekertje is een prototype, dus wees er zuinig op, hè? Anders krijg ik het met Cooper aan de stok.'

Maddie stond op en streek haar jurk glad. Haar handpalmen waren vochtig, haar hart ging wild tekeer. Ze keek van Danny naar Alex en zag dat ze haar nerveus opnamen. Zou ze dit echt waar kunnen maken?

Ze moest wel.

Ze haalde diep adem en zei: 'Zullen we dan maar?'

Alex en Danny knikten.

De diamanten gingen de handtas weer in. Maddie pakte hem op. Ze wilde een van de koffers optillen.

'Nee,' zei Danny, 'Grace zou nooit zelf haar koffer dragen.'

Alex pakte er een in elke hand. 'Kom op.'

Met zijn drieën liepen ze de gang op, in de richting van de aankomsthallen.

'Oké,' zei Alex. 'We gaan snel maar voorzichtig te werk, goed? We komen pas in actie wanneer hij het geld overdraagt. Dan pakken we hem. Als er problemen zijn, roepen we de beveiliging erbij. We nemen geen enkel risico. Begrepen?'

'Begrepen,' zei Danny. 'Ik ga Bryson gauw omroepen. Succes, jongens!' Hij rende voor hen uit.

Bij de ingang van de aankomsthal bleef Maddie aarzelend staan. Alex nam haar op. 'Is er iets?'

Haar blik was onzeker. 'Stel... stel dat ik het verpruts?' vroeg ze hees.

'Welnee, je kunt het best,' zei Alex kalm. 'Zie het maar als een optreden, zoals toen je op ballet zat. Het is hetzelfde. Het lukt je wel, Maddie.'

'Ben jij niet bang?' vroeg ze.

Er verscheen een scheef lachje om zijn lippen. 'Wie, ík?'

Het lukte Maddie om terug te glimlachen. 'Oké,' zei ze. 'Gewoon last van plankenkoorts, hè?'

Alex knikte.

Zijn zelfverzekerde houding werkte kalmerend. Maddie ademde een keer diep in en volgde hem de aankomsthal in.

HOOFDSTUK 7

Maddie slikte terwijl ze de duur geklede man op de balie af zag komen. Toen hij Alex en Maddie zag, stak hij groetend zijn hand op. Hij zag er ontspannen uit, alsof dit een onbeduidende afspraak was. Het kostte haar moeite te bevatten dat hij zo nauw had samengewerkt met Michael Stone. De man door wie haar vader in een rolstoel zat. De man door wie ze haar moeder voorgoed moest missen.

Vlug nam Alex de uitgestoken hand aan. 'Richard?'

De man knikte. 'Henry. Fijn je eindelijk eens in levenden lijve te ontmoeten.' Hij stak zijn hand uit naar Maddie. 'En jij moet Grace zijn.'

Heel even bleef Maddie als bevroren naar de hand staan staren. Toen verbeet ze zich en schudde hem. Zijn greep was warm en stevig. Een zakelijke handdruk.

'Wat vervelend dat je ziek bent geworden,' zei Richard Bryson. 'Gaat het wel weer? Kan ik misschien iets voor je doen?'

'Bedankt, maar het gaat alweer stukken beter,' antwoordde Maddie met haar Amerikaanse accent. Ze glimlachte flauwtjes. 'Ik heb het niet zo op vliegen, Richard. Ik denk dat ik de volgende keer de boot maar neem.'

Bryson lachte. 'Ja, als je geen haast hebt, kan dat.' Hij keek op zijn horloge. 'Het is een lange dag geweest. Laten we maar snel ter zake komen, hè?' Hij keek hen aan. 'Jullie begrijpen vast wel dat ik eerst de handelswaar wil zien...'

'Ja, natuurlijk.' Maddie wees op de handtas.

Bryson knikte. 'Prima.' Hij leidde hen bij de informatiebalie vandaan.

Terwijl ze hem de hal door volgden, keek Danny van achter de balie toe, controlerend of Bryson alleen was gekomen.

'Waar gaan we heen?' vroeg Alex. Bryson leek recht op de uitgang af te lopen.

'Naar een rustiger plekje,' antwoordde hij. 'Hier hebben we geen pottenkijkers bij nodig, hè?'

'Heb je het geld bij je?' vroeg Maddie met een blik op Brysons koffertje.

Er schoot een zweem van irritatie over Brysons gladde gezicht. Toen glimlachte hij. 'Als ik Henry goed begrepen heb, gaat het niet om een bedrag dat je zomaar even in je binnenzak stopt.'

Hij opende een deur en leidde hen de met schijnwerpers verlichte parkeerplaats op. Er reden auto's en bussen af en aan. Ze liepen onder een lange overkapping door.

'Waar staat je auto?' vroeg Alex, die ervan uitging dat Bryson ze naar een klaarstaande wagen bracht.

De glimlach verscheen weer. 'Mijn auto?' herhaalde hij. 'Nee, ik heb iets veel beters, Henry.'

Ze sloegen de hoek om en Bryson wees voor zich uit. Een eindje verderop stond een helikopter op een platform. 'Kijk, daar zal niemand ons lastig vallen,' zei hij en hij wenkte. 'Zullen we?'

In Alex' hoofd begonnen alarmbellen te rinkelen. Ze hadden besproken wat ze zouden doen als er iets mis mocht gaan. Danny had de luchthavenbeveiliging al ingelicht. Er stonden mensen bij de uitgangen, paraat om zonodig elke auto tegen te houden. Maar hoe hield je een helikopter tegen?

Het was duidelijk dat Maddie hetzelfde had bedacht. Ze bleef staan en staarde naar de gestroomlijnde blauwe machine. Alle lampjes op het vliegveld leken als waarschuwende zwaailichten te weerspiegelen in de glanzend gepoetste romp.

'O nee, daar krijg je mij niet in!' zei ze nuffig. 'Ik begin net weer een beetje bij te komen van de vlucht uit Boston!'

'Maak je geen zorgen, Grace,' zei Bryson. 'We stijgen niet op. We gaan alleen even zitten om de zaak rustig af te ronden. Jullie stappen weer uit en ik vlieg verder. Goed?'

Maddie keek naar de helikopter. Ze hadden geen keuze. 'Vooruit dan maar.'

Met een glimlach leidde Bryson hen het platform op.

Danny keek voorzichtig om de hoek van het gebouw. Hij schrok net zo van de helikopter als Maddie en Alex een halve minuut eerder.

Hij hield zijn mobieltje voor zijn mond. De frequentie stond open, zodat hij direct in Alex oor kon praten. 'Pas op!' zei hij. 'Geen risico's nemen. Als het gevaarlijk wordt, trek je je terug. Hoest even als je me hoort.'

Er klonk een kort kuchje. Alex kon hem verstaan. Danny hoopte maar dat Alex zijn raad opvolgde. Een man als Richard Bryson kon je beter niet onderschatten.

Er zat een piloot achter de stuurknuppel. Bryson stak kort zijn hand naar hem op voordat hij de brede passagiersdeur opende. Er stonden vier stoelen tegenover elkaar.

'Zet je koffers maar even op de vloer,' zei Bryson. 'Plek zat.' Hij stapte de cabine in.

Alex en Maddie keken elkaar aan. Ze dachten allebei hetzelfde.

Was dit verstandig? Was dit verantwoord?

Bryson zette zijn aktetas op zijn schoot. Maddie stapte in en ging schuin tegenover hem zitten. Alex kwam als laatste binnen en nam de stoel naast Bryson.

'Zo,' zei Bryson kalm, 'iedereen tevreden?'

Maddie gaf een kort knikje.

'Ik ben pas tevreden als dit achter de rug is,' bromde Alex.

'Dan zou ik maar eens laten zien wat je in de aanbieding hebt,' zei Bryson.

Maddie opende haar handtas en haalde het vilten buideltje te voorschijn. Bryson opende zijn koffertje. Alex zag een laptop, wat papieren, een puntgave zilveren pennenset en iets verpakt in een zijdeachtige zwarte hoes.

Bryson haalde een met fluweel bekleed blad uit het deksel van de koffer. Hij nam het buideltje van Maddie over en strooide er behoedzaam de diamanten op uit.

'Eens kijken wat we hier hebben.' Hij rolde de diamanten met zijn wijsvinger om en om. 'Ronde briljantslijping. Zo te zien tussen de twee en drieënhalf karaat.' Hij pakte een klein pincet en een oculair. Hij stak het speciale vergrootglas in de kas van zijn rechteroog en hield een van de diamanten vlak bij zijn gezicht.

'Kleurgraad D tot F,' constateerde hij.

Kennelijk had hij verstand van edelstenen, bedacht Maddie, want hij gebruikte vaktermen.

'Geen zichtbare onzuiverheden,' vervolgde hij. 'Uitstekend maaksel. Veel vuur. Mooie kroon, prima paviljoen. Goede rondist.' Hij legde de diamant weer neer en liet het oculair in zijn hand vallen. Hij glimlachte. 'Ik schat dit rakkertje hier op zo'n vijftienduizend pond. Als ze allemaal van die kwaliteit zijn, denk ik dat we tot zaken kunnen komen.'

Hij leunde achterover en roffelde met zijn knokkels tegen de scheidingswand tussen cabine en cockpit.

Er klonk ineens een luid gebrom; er voer een trilling door de helikopter. De piloot had de motor gestart.

'Wil iemand die deur even dichtdoen?' vroeg Bryson gladjes. 'Voordat er ongelukken gebeuren?'

'Hé, wat moet dit voorstellen?' snauwde Alex.

'Hou je gemak, vriend.' Bryson bleef glimlachen. 'Je dacht toch niet dat ik het geld hier mee naartoe had gebracht, of wel?' Hij haalde zijn schouders op. 'Ik vrees dat ik niet helemaal eerlijk ben geweest. We gaan een kort vluchtje maken.'

De helikopter schokte terwijl de schroef boven hen begon te draaien. De luchtstroom joeg door de open cabine.

'Doe die deur dicht!' schreeuwde Bryson over het lawaai heen. 'Je moet me vertrouwen. Het duurt maar een kwartiertje.'

Er galmde een stem in Alex' oor. 'Spring eruit! Het is veel te gevaarlijk. Eruit, nu!'

Danny had de motor horen aanslaan. Hij zag hoe de rotorbladen snelheid maakten.

'Vergeet het maar!' riep Alex tegen Bryson. 'De ruil gaat niet door!'

Hij stak zijn armen naar Maddie uit, om haar mee naar buiten te trekken voordat Bryson hen kon tegenhouden.

Met een onbewogen gezicht stak Bryson zijn hand in zijn koffertje. Uit de zwarte zijden hoes haalde hij een pistool te voorschijn. Hij richtte het wapen op Alex.

'Zitten blijven!' schreeuwde hij boven het kabaal van de rotorbladen uit. 'Stel dat je iets overkomt.'

In doodsangst staarde Maddie naar het wapen. Ze werd overspoeld door herinneringen aan die zondagavond een jaar geleden. Ook Alex was uit het lood geslagen door het plotselinge verschijnen van het pistool.

'De deur, Henry!' riep Bryson.

Alex leunde half naar buiten. De zuigende luchtstroom trok aan zijn kleren. Hij reikte naar de kruk en trok de deur dicht. Meteen viel de tocht weg en het lawaai werd half zo hard.

'Zo, dat is beter,' zei Bryson kalm. 'Al die paniek is nergens voor nodig.'

Opnieuw klopte hij op de scheidingswand. Het motorgeluid veranderde van toon. De helikopter maakte een schokkende beweging en kwam los van de grond. Alex zag het platform langzaam verdwijnen terwijl ze opstegen.

Hij keek naar Maddie. Ze zat nog steeds met grote angstogen naar het wapen te staren.

'Oké,' zei Alex tegen Bryson. 'Doe dat ding weg. Het is wel duidelijk zo.'

Bryson lachte kil. 'Ik hoop het maar, Henry, ik hoop het maar. Er is namelijk een kleine wijziging in de plannen opgetreden.'

Alex kneep zijn ogen tot spleetjes. 'Wat voor wijziging?'

Bryson lachte opnieuw. 'Nou ja, die diamanten zijn een fraaie bonus, dat geef ik toe. Maar ik heb ergens anders nog veel meer belangstelling voor.' Zijn blik gleed naar Maddie. 'Voor haar.'

Maddie hapte naar adem.

Alex verstarde. Dit liep vreselijk uit de hand. Zonder het te beseffen hadden ze zichzelf in groot gevaar gebracht. Hij moest iets doen, nu!

Terwijl Brysons aandacht op Maddie gericht was, sloeg Alex toe.

Hij deed een uitval naar het wapen. Maar Bryson was sneller. Hij dook opzij en met een vlammende blik in zijn ogen bracht hij zijn arm omhoog en vliegensvlug weer omlaag. De kolf van het pistool kwam met een misselijkmakend gekraak op Alex' slaap terecht. Alex had het gevoel dat zijn schedel explodeerde. Even nog zag hij Brysons uitdrukkingsloze gezicht, toen werd alles zwart.

HOOFDSTUK 8

Danny kwam uit de dekking van het gebouw te voorschijn, terwijl de helikopter zich de lucht in hief. Vanaf het platform staarde hij hulpeloos naar de onderkant van de opstijgende machine, zijn mobieltje tegen zijn oor geklemd. 'Alex!' schreeuwde hij. 'Aaaalex!'

Het enige wat Danny hoorde, was het lawaai van de motor. Het verdrong al het andere geluid.

De glanzende machine draaide de neus naar het oosten en meerderde snelheid. Als verdoofd stond Danny naar de kleiner wordende lichten te kijken, tot het nog slechts speldenknopjes in de donkere hemel waren.

Ze waren verdwenen. Danny kreunde. Alle enthousiasme en op-winding stroomden uit hem weg. De realiteit drong met een klap tot hem door. Hun poging Richard Bryson te slim af te zijn was op een fiasco uitgedraaid.

Danny was compleet uit het veld geslagen. Hij had geen idee wat hij nu moest doen. Alex was al ver buiten bereik. De bus stond op een paar minuten lopen geparkeerd, maar tegen die tijd zou de helikopter al te ver weg zijn om het signaal van de verklikkertjes op te kunnen vangen.

'Denk na!' riep hij tegen zichzelf. 'Kom op, wat nu?' Hij dacht koortsachtig na. 'Dit is een grote luchthaven. Er landen en vertrek-ken aldoor vliegtuigen,' mompelde hij. 'Je kunt niet zomaar met een helikopter opstijgen zonder ergens tegenaan te knallen.' Zijn ogen lichtten op. 'Dat is het!' Hij draaide zich om en rende weer op het gebouw af.

Het kostte Danny vier eindeloze minuten en een hoop gewapper met zijn PIC-pasje voordat hij in het kantoor van het hoofd van de luchtverkeersleiding stond. De man hoorde zijn verhaal knikkend aan en tikte vervolgens wat op zijn computer in. Een paar tellen later verscheen de informatie die hij zocht op het scherm.

'Ze hebben de afgelopen 2 uur meerdere keren vluchtroutes aangevraagd,' vertelde hij. 'Telkens afgeblazen, kennelijk wachtten ze op inkomende passagiers die vertraging hadden. Ze staan geboekt voor een tussenlanding in West-Londen, wijk W14, dat is Holland Park. Vandaar gaan ze door naar Epping Forest, in Essex. Beide landingen op privé-terrein. Meer kan ik niet voor je doen.'

'Bedankt.' Danny gaf de man een klapje op zijn schouder. 'West-Londen, W14. Begrepen!'

Hij stoof naar het parkeerterrein. Nu hij een aanknopingspunt had, was er een kans dat hij Alex en Maddie kon vinden voordat het echt misging.

Verstijfd van schrik staarde Maddie naar Richard Brysons wapen. Zijn ogen stonden kil en kalm.

'We gaan geen domme dingen doen, hè Grace?' vroeg hij.

Ze schudde haar hoofd. Ze keek naar Alex. Hij lag slap in zijn stoel, bewusteloos. Op de plek waar het wapen hem had geraakt, zat een rauwe, bloederige wond.

'Was dat nou nodig?' vroeg ze. 'Je had hem heus niet zo hard hoeven slaan.' Hoe bang ze ook was, ze besefte dat ze haar Amerikaanse accent moest vasthouden. Als Richard Bryson erachter kwam wie ze werkelijk waren, zouden ze helemaal de pineut zijn.

'Hij komt er wel weer bovenop,' zei Bryson. 'Vreemd, hij maakte een redelijk intelligente indruk op me. Maar dit was heel erg dom.'

Hij fronste. 'Ik gebruik niet graag geweld, Grace, maar dit is geen spelletje.'

Maddie keek naar het uitdrukkingsloze gezicht van haar ontvoerder. 'Wat wil je van ons?'

Bryson hield het wapen omhoog. 'Kan ik dit nu wegdoen?' vroeg hij. 'Kan ik je vertrouwen?'

Ze knikte.

Het wapen ging terug in de zwarte zijden hoes en Bryson legde het voorzichtig terug in zijn koffertje. Het ontging Maddie niet dat het nog steeds binnen handbereik lag.

Bryson leunde achterover en sloeg zijn benen over elkaar. Hij keek haar aan met de bloeddorstige blik van een haai. 'Laten we praten van de ene verstandige persoon tot de andere, Grace,' zei hij. 'Dat scheelt een hoop tijd. Goed, ik ga ervanuit dat je weet waar je vader het grootste deel van zijn geld mee verdient.'

Maddie knikte, al vroeg ze zich af hoeveel Grace echt wist van de criminele activiteiten binnen Patrick O'Connors imperium.

Bryson legde zijn gemanicuurde hand op zijn borst. 'Ik zit in dezelfde branche. Mijn baas en jouw vader waren al ruim een jaar aan het onderhandelen over een samenwerkingsverband.' Hij fronste. 'Maar de laatste tijd worden alle besluiten op de lange baan geschoven. De boel is volledig vastgelopen. Heel vervelend. Het probleem is dat mijn baas sinds afgelopen zomer, eh... uit de roulatie is, zal ik maar zeggen, door een ongelukkige gebeurtenis. Hij houdt zich een poosje op de achtergrond, als je snapt wat ik bedoel. Op het moment leidt zijn zoon het bedrijf. Hij heeft ook de onderhandelingen met jouw vader overgenomen.' Hij keek haar aan. 'Kun je het tot dusver volgen, Grace?'

'Ja,' antwoordde Maddie. 'Maar het interesseert me allemaal

geen bal. Ik wil alleen maar dat je ons laat gaan.'

'Alles op zijn tijd.' Bryson boog voorover en raakte lichtjes Maddies arm aan. 'Ik zal eerlijk tegen je zijn, Grace, en ik hoop dat je het niet verkeerd opvat. Het gaat erom dat ik het zat ben om aan het lijntje te worden gehouden. Je vader lijkt te denken dat hij ons kan tillen nu de grote baas weg is. Het is hoog tijd de boel eens flink wakker te schudden; puur om de onderhandelingen weer aan de gang te krijgen, uiteraard. En daar kom jij om het hoekje.' Hij leunde weer achterover. 'Ik zie het als volgt,' ging hij verder. 'Je vader zal een stuk beter meewerken wanneer hij erachter komt dat jij onze logee bent. We zullen geen bedreigingen uiten, we zijn zakenlui, Grace, geen boeven. We maken hem alleen duidelijk dat als hij je ooit nog terug wil zien, het verstandig is ons wat serieuzer te nemen.'

Maddies hoofd tolde. In elk geval had ze nu een idee van wat er speelde. Henry Dean had Richard Bryson benaderd om de gestolen diamanten te slijten. Bryson had ingestemd, maar op een bepaald punt had hij bedacht hoe hij de situatie nog meer kon uitbuiten: Grace ontvoeren en haar gebruiken als onderhandelingsmiddel om Patrick O'Connor naar zijn hand te zetten.

Alleen had hij een een fatale vergissing gemaakt. In plaats van Grace en Henry had hij Maddie en Alex ontvoerd.

Haar gedachtegang werd onderbroken door Alex' diepe gekreun.

Bryson boog voorover en trok met zijn duim een van Alex' oogleden op. 'Die is nog wel een poosje onder zeil,' constateerde hij. 'Heel ongezond, hoor, zo'n dreun op je kop. Die heeft straks knallende hoofdpijn wanneer hij bijkomt.'

Maddies gezicht vertrok van woede en weerzin.

Bryson keek haar aan. 'Laten we niet schijnheilig doen, Grace,' vervolgde hij. 'Je vader heeft ook niet bepaald schone handen, hè? Je weet vast wel hoe zwaar hij mensen onder druk heeft gezet om sommige zaken erdoor te krijgen.'

Voorzichtig pakte hij een van de diamanten van het blad en hield die voor zijn oog. 'Volgens mij kleeft er ook bloed aan deze glimmertjes, Grace. Of sta je daar liever niet bij stil? Ligt dat te gevoelig?' Bijna eerbiedig liet hij alle diamanten een voor een terugvallen in het vilten buideltje.

Maddie keek uit het raampje. Ze probeerde haar gedachten op een rij te krijgen. Onder haar zag ze de lichten van de stad voorbij glijden. Een kwartiertje vliegen, had Bryson gezegd. Naar ergens in West-Londen waarschijnlijk, niet al te ver van Heathrow.

Zolang ze in de lucht waren, kon ze niets uitrichten. Ze was niet sterk genoeg om Bryson te overmeesteren, als ze het al had aangedurfd hem aan te vallen. Bovendien was er dat wapen.

Nee. Ze moest zich inhouden en wachten tot ze zouden landen. Tot die tijd moest ze het spelletje meespelen, haar rol als Grace O'Connor volhouden. Hopen dat ze niet door de mand viel. Eenmaal op vaste bodem zou ze een grotere kans hebben uit deze nachtmerrie te ontsnappen.

Wat er zou gebeuren als Bryson ontdekte dat hij niet Grace maar Jack Coopers dochter gegijzeld had, durfde ze zich niet eens voor te stellen.

Terwijl ze bezorgd naar Alex keek, schoot er een vage, ironische gedachte door haar hoofd. We hadden stiekem wat eerder naar huis moeten gaan, dan was dit nooit gebeurd. Ze had zichzelf en Alex in deze wanhopige situatie gebracht en het enige wat ze nu kon doen, was hulpeloos toekijken terwijl ze verder en verder bij Danny vandaan vlogen, de enige die hen kon redden.

Het busje reed oostwaarts over de M4, de snelweg die van de luchthaven recht het centrum van Londen in voerde. Het verkeer kroop vooruit. In elk geval stond het niet helemaal stil, hield Danny zichzelf voor.

'Toe nou!' bromde hij telkens wanneer hij de rem moest intrappen. 'Moeten jullie nergens heen?' Hij beukte met zijn vuist op het stuur. 'Jemig, lopen gaat nog sneller! Doorrijden, jongens!'

Achterin stond de bus propvol hypermoderne opsporingsapparatuur, waarvan het bestaan bij de doorsnee rechercheur nog niet eens bekend was. Danny had zich de koning te rijk gevoeld toen hij de instrumenten installeerde en controleerde of alles goed functioneerde. Er zaten zelfs een paar snufjes tussen die hij zelf had ontworpen. Helaas had hij daar nu weinig aan. Het was de bedoeling dat het voertuig door twee personen werd bemand; een achter het stuur en de ander achter de panelen.

Danny stond er alleen voor. Wat was begonnen als een routinedagje bij de immigratiedienst, was uitgedraaid op een levensgevaarlijke operatie. Niemand had verwacht dat de zaak zo zou escaleren. Danny kon niet tegelijk sturen en de apparaten bedienen. Hij moest óf achter hen aan rijden, óf de signalen van de verklikkers proberen op te vangen. Het een of het ander. En op dit moment was het zijn prioriteit naar West-Londen te komen, in de hoop dat hij ze bij de tussenlanding in Holland Park kon oppikken. Want als Maddie en Alex nog steeds aan boord van de helikopter waren wanneer die verderging naar Essex, zou hij ze nooit meer vinden.

Zijn mobieltje lag naast hem op de passagiersstoel. De verbinding met Alex stond nog open, maar het lawaai van de helikoptermotor overstemde alles. Tot nu toe had Danny geen versterking ingeroepen. Hij klampte zich nog vast aan de hoop dat alles in orde zou komen. Zolang hij maar op tijd in Holland Park arriveerde. Hij weerstond de aandrang te claxonneren.

'Rustig aan,' zei hij tegen zichzelf. 'Het komt wel goed. Die vent brengt ze gewoon ergens heen om de ruil te doen. Hij zou wel gek zijn om met zoveel geld naar Heathrow te komen.' Hij knikte, probeerde zichzelf te overtuigen. 'De helikopter landt, Alex en Maddie stappen uit. Op het moment dat hij de diamanten aanneemt, arresteren ze hem. Eind goed, al goed. En mocht het tot een knokpartij komen, dan kom ik ze te hulp.'

Danny hoopte maar dat het niet zover hoefde te komen. Hij was geen stoer type zoals Alex. Lichamelijke toestanden waren niet zijn specialiteit. Hij kwam altijd vol blauwe plekken uit de zelfverdedigingsles.

'Niet dat ik problemen verwacht,' zei hij in zichzelf.

Verderop zag hij de rotonde van Hogarth liggen. Nu ging de vaart er helemaal uit. Maar wanneer hij eenmaal voorbij het knooppunt van Hammersmith was, zou hij binnen een kwartiertje in Holland Park zijn.

Welke afstand een helikopter in die tijd kon afleggen, wilde hij liever niet weten.

Door het raampje van de helikopter zag Maddie Londen onder hen voorbij trekken. Ze zag de snelweg: een brede, donkere strook met duizenden krioelende lichtjes. Ze deed een schietgebedje dat Danny's bus daar ergens tussen reed.

Vanuit haar ooghoek keek ze naar Bryson. Het koffertje stond rechtop naast hem op de vloer, het wapen nog steeds binnen handbereik. Niet dat hij het nodig zou hebben. Maddie voelde zich misselijk. Richard Bryson, ik hou u aan voor het bezit van gestolen goederen. Ha, wat een giller!

Ze hadden gedacht dat Bryson oppakken een fluitje van een cent zou zijn. Maddie had er nooit rekening mee gehouden dat het zo verkeerd zou kunnen gaan. Het enige wat ze nu nog kon doen, was het spelletje meespelen en hopen dat ze hier heelhuids doorheen zouden komen.

Die arme Alex. Hij was nog steeds buiten bewustzijn. Zijn lichaam hing slap tegen de zijwand van de cabine, zijn hoofd bungelde op en neer met de helikopterbewegingen.

Onder hen doemde een donkere vlakte op. Maddie herkende het niet, maar ze vlogen over Gunnersbury Park. Ze hadden de westelijke buitenwijken van Londen bereikt en naderden hun bestemming.

'Waar breng je ons naartoe?' vroeg Maddie. Ze kon Brysons zwijgen niet langer verdragen. Ze verwachtte niet dat hij antwoord gaf, maar als ze hem aan het praten kreeg, zou hij zich misschien per ongeluk iets laten ontvallen wat ze later kon gebruiken.

Bryson keek naar haar op. 'Naar een vertrouwd adresje van ons,' zei hij met een vage glimlach. 'Maak je maar geen zorgen, je zult er niets tekortkomen.'

'Is Eddie Stone daar ook?' vroeg ze.

Richard Bryson nam haar een poosje op. 'Bespreekt je vader zijn zaken met jou?' vroeg hij toen.

De vraag verwarde Maddie. 'Nee.'

Bryson trok zijn wenkbrauwen op. 'Waar ken jij zijn naam dan van?'

'Die heb je zeker zelf laten vallen,' verzon Maddie vlug. Het koude zweet brak haar uit. Haar maag draaide zich in een knoop. Ze besefte dat ze zich had versproken.

Bryson schudde zijn hoofd. 'Nee, ik heb zijn naam nooit genoemd.'

'Dan was het Henry zeker,' zei Maddie. 'Henry zal wel iets over hem gezegd hebben.' Ze verborg haar angst achter zogenaamde irritatie. 'Hoe moet ik nou weten waar ik die naam heb gehoord? Wat maakt het trouwens uit?'

Peinzend keek Bryson naar Alex. 'Die vriend van jou kletst te veel,' zei hij traag. 'Als hij zo doorgaat, kan hij wel eens in de problemen raken.'

Maddie snoof. 'Alsof we nu al niet in de problemen zitten.' Ze besloot een andere tactiek uit te proberen. 'Hoor eens, Richard,' begon ze op vleierige toon, 'kunnen we onderling niet iets regelen?'

Onbewogen keek hij haar aan. 'Ga verder.'

'Als je Henry en mij laat gaan, mag jij de diamanten houden,' stelde ze voor. Ze herinnerde zich dat Danny een verklikkertje in het buideltje had geplakt. Via de diamanten zouden ze Bryson alsnog kunnen achterhalen.

'En dan?' vroeg Bryson.

'En dan? Dan gaan Henry en ik ervandoor en ben jij steenrijk.' Op een samenzweerderig toontje voegde ze eraan toe: 'En je baas hoeft er niets van te weten. Je hoeft de winst met niemand te delen.'

Bryson lachte. 'Vergeet het maar, Grace.' 'Je hebt niets om mee te onderhandelen. Om te beginnen heb ik de diamanten al. En wat de rest van je plannetje betreft: ik wil dat Eddie dit te horen krijgt. Daar gaat het juist om.'

Maddie fronste. Eddie Stone was Michael Stones oudste zoon.

Hij was waarnemend directeur van Stonecor geworden nadat zijn vader achter de tralies was gegooid. Behalve dat hij ergens in de twintig was, wist Maddie weinig van hem af. Op papier was hij net zo brandschoon als zijn vader, tot die op heterdaad was betrapt in het diamantendepot. Vermoedelijk was Eddie Stone net zo'n schurk als Michael, alleen waren daar tot nu toe geen bewijzen voor.

Maddie had de dossiers over Stonecor gezien. Het bedrijf bezat een reeks huizen, kantoren en opslagplaatsen verspreid over Londen. Alle panden waren na Michael Stones arrestatie grondig doorzocht. De politie had bot gevangen. Er was geen flard bewijs gevonden dat Stonecor banden had met Stones criminele activiteiten. Geen gestolen goederen. Geen belastende computerbestanden of documenten. Niets.

'Dus je draagt ons én de diamanten over aan Eddie Stone,' zei Maddie. 'Je geeft een fortuin weg, Richard.'

Bryson gniffelde. 'Misschien, Grace, maar het levert me uiteindelijk nog veel meer op.' Hij wees naar buiten. 'We zijn er bijna. Zonde dat je vriend niet van het uitzicht heeft kunnen genieten,' zei hij met een blik op Alex. 'Jammer, hoor. Het gaat allemaal zo'n stuk soepeler als mensen een beetje meewerken.'

'En anders gebruik je gewoon geweld,' bromde Maddie.

'Geweld?' herhaalde Bryson. 'Dit was geen geweld. Dit was een corrigerend tikje. Hij komt er wel weer overheen.' Er verscheen een staalharde blik in zijn ogen. 'Als ik gedwongen word geweld te gebruiken, Grace, herstellen mensen niet zo snel.' Er klonk geen enkele emotie door in zijn stem. 'Soms,' zei hij, 'herstellen ze helemaal niet meer.'

HOOFDSTUK 9

In de welvarende West-Londense wijk Holland Park stond een chic geklede vrouw naast de openslaande tuindeuren van een gigantische villa. Het witte gebouw stond op de hoek van een straat vol kapitale Victoriaanse panden waarin miljonairs en ambassades huisden. De naar het oosten gerichte, parkachtige tuin was omsloten door een hoge witte muur. Rijzige bomen wezen naar de donkere lucht. Een betegeld terras ging over in een gemillimeterd gazon.

De vrouw sprak in een mobieltje en keek naar boven. 'Ja,' zei ze, 'alles is geregeld, Richard. Alles is afgehandeld. Ik heb Eddie een halfuur geleden gesproken. Hij hoopt hier morgenavond aan te komen.' Er viel een stilte. 'Pardon,' zei ze toen, 'kun je dat even herhalen?' Haar gezicht bleef kalm terwijl, ze naar Richard Brysons stem luisterde.

'Ja,' zei ze. 'Ja, ik begrijp het. Ik zal ervoor zorgen.'

Ze verbrak de verbinding en liep het huis in. Kennelijk was Henry Dean bewusteloos. Ze moest iemand roepen die hem uit de helikopter kon halen. Voor de vrouw was dit niets ongebruikelijks. In de vijf jaar dat ze voor Stonecor werkte, had ze wel ergere dingen meegemaakt. Veel erger.

Maddie zag de daken op zich af komen. Ze kon niet geloven dat ze hier veilig konden landen. Er was veel te weinig ruimte.

Richard Bryson stak zijn mobieltje in zijn zak en leunde ontspannen achterover.

Hoge boomtoppen werden opzij geblazen, terwijl de helikopter afdaalde in de tuin van een gigantische witte villa. Lange schoorsteentorens stegen vanaf het dak omhoog. Afwezig telde Maddie de pijpen van een ervan. Zeventien stuks.

Het hoekige, robuuste pand bestond uit drie verdiepingen. De stenen kroonlijsten die rond de snijpunten van de eerste en de tweede etage liepen, gaven het huis iets van een geglazuurde taart. Het domineerde de kruising van twee brede lanen. Schijnwerpers wierpen heldere vlekken op een stenen terras. Het gazon waar het in overliep, was omzoomd door bomen. Maddie nam het allemaal duizelig in zich op.

Het geluid van de motor veranderde, terwijl de piloot de helikopter naar het gazon manoeuvreerde. Met een dreun raakte het stalen landingsgestel de grond.

'Zo,' zei Bryson, 'het zit er alweer op.' Hij fronste zogenaamd zorgelijk zijn wenkbrauwen. 'Je bent toch niet luchtziek geworden, hè?'

Maddie schudde haar hoofd.

'Mooi.' 'Zeg, wil jij de deur even opendoen? Dan hoef ik niet over die arme Henry heen te klimmen.'

Maddie duwde de hendel omlaag. Iets trok de deur uit haar handen. Er waaiden grassprietjes en bladeren de cabine in, samen met het ineens dubbel zo harde geronk van de draaiende rotorbladen. Er stond een vrouw voorovergebogen in de deuropening. Ze wenkte Maddie.

Maddie klauterde het toestel uit.

Er schoof een boomlange, breedgeschouderde man langs haar naar binnen. Moeiteloos tilde hij Alex de helikopter uit. Hij sleepte hem aan zijn armen over het gazon tot ze buiten bereik van de wentelende rotorbladen waren. Toen hees hij Alex over zijn schouder en liep met hem op de openstaande tuindeuren af.

Richard Bryson overhandigde de koffers van Grace en Henry aan de vrouw die naast Maddie stond. Hij stapte uit, bukkend om de maaiende schroeven te ontwijken, en smeet de deur dicht. De piloot stak zijn duim omhoog en de machine steeg bulderend weer op.

Het gras kolkte als een groene zee. De boomkruinen trilden, terwijl de helikopter boven de daken uitsteeg.

De vrouw draaide zich naar Maddie toe. 'Grace, hoe gaat het?' vroeg ze. 'Ik hoorde dat je onwel was geworden tijdens de vlucht. Voel je je alweer wat beter?'

Maddie nam haar op. Te oordelen naar haar uiterlijk en gedrag was ze iemands privéassistente.

'Henry heeft een dokter nodig,' zei Maddie pinnig. 'Hij is gewond.'

'Hij is hier in goede handen,' zei de vrouw. 'Ga je mee naar binnen?' Ze glimlachte. 'Ik ben Celia, Celia Thomson, de privéassistente van Eddie Stone. Als je iets nodig hebt, wat dan ook, zeg je het maar. We willen je verblijf hier zo plezierig mogelijk maken. Zie het maar als een logeerpartijtje.'

'Hou alsjeblieft op met dat geslijm,' snauwde Maddie in een poging zich te gedragen zoals ze dacht dat Grace zou doen, maar ook omdat ze zelf woest was. 'Ik ben hier niet vrijwillig.' Ze wierp Bryson een nijdige blik toe. 'Ik ben ontvoerd!'

Bryson glimlachte. 'Wind je toch niet zo op, Grace,' zei hij. 'Dat heeft helemaal geen zin. Je maakt het jezelf alleen maar moeilijker.' Hij keerde haar de rug toe en beende in de richting van het huis. De twee koffers liet hij op het gras staan.

Maddie staarde hem na. 'Hier krijg je spijt van!' siste ze tussen haar tanden door.

Celia Thomson pakte de koffers op en liep achter Bryson aan. Over haar schouder keek ze naar Maddie. 'We zullen er alles aan doen om het je naar de zin te maken, Grace,' zei ze weer. 'Kom toch mee naar binnen, het begint koud te worden.' Ze trok een wenkbrauw op. 'Je bent niet bepaald gekleed op het Engelse klimaat, of wel?'

Maddie aarzelde. Tussen de bomen door zag ze flarden van de hoge witte muur. Hij liep ononderbroken om de tuin. Er liep een smal steegje langs de zijgevel van de villa naar de straat. Met een zwaar vergrendelde deur aan het eind, zag Maddie.

Die sloten zou ze nooit zomaar openkrijgen. En die tuinmuur was veel te hoog om overheen te klimmen. Bovendien kon ze Alex hier niet in zijn eentje achterlaten.

Bryson was via de tuindeuren naar binnen verdwenen. Op het terras stond Celia tegen het licht van de schijnwerpers, donker afgetekend op Maddie te wachten.

Maddie nam de tijd. Ze streek haar jurk glad, onopvallend controlerend of de verklikker nog onder de zoom zat. Pas toen liep ze langzaam verder.

De kamer was sober maar stijlvol ingericht: roomwitte wanden, lichte houten vloerdelen, deels bedekt met tapijten in grafische patronen, meubels van blank hout, glas en leer.

'Welkom.' Celia glimlachte.

Maddie schonk haar een vernietigende blik. 'Denk maar niet dat ik hiervan onder de indruk ben. Achter al die dure spullen zijn jullie gewoon een stel criminelen.'

Celia's glimlach week niet. 'Fijn dat je zo openlijk voor je mening durft uit te komen. 'Ik weet dat dit niet makkelijk voor je is. Ik leef met je mee, echt. We zitten allemaal met de situatie in onze maag. Maar we moeten proberen er het beste van te maken. Zal ik je je kamer laten zien?'

Maddie schudde haar hoofd. 'Ik wil weten hoe het met Henry is.' Ze bleef koppig in het midden van de kamer staan. 'Als hij hier iets aan overhoudt, zal mijn vader jullie ervoor laten boeten, dat beloof ik je.'

'Ja, uiteraard,' zei Celia. 'We gaan zo naar hem toe.' Ze zette de koffers neer en liep terug naar de tuindeuren. 'Laten we de kou maar buitensluiten, hè?' Ze deed de deuren dicht en draaide een sleutel om. 'Ik weet dat het lente is, maar het kan nog behoorlijk fris zijn 's avonds. Wat voor weer was het in Boston, Grace?'

Maddie gaf geen antwoord.

Achter een wit gordijn hing een alarmkastje. Celia toetste er een reeks cijfers op in. 'Zo,' zei ze. 'Tegen ongewenste bezoekers.' Ze keek naar Maddie en glimlachte. 'Je moet zo oppassen tegenwoordig. Het aantal inbraken is dit jaar met zeventien procent gestegen. Vreselijk toch? Mensen zijn niet eens meer veilig in hun eigen huis. En we hebben hier behoorlijk waardevolle apparatuur staan.' Ze trok de gordijnen dicht. 'Goed, doe alsof je thuis bent, dan ga ik vragen hoe het met je vriend is.'

Maddie bleef alleen in de kamer achter. Haar hoofd tolde. Het leek wel alsof ze in een heel ander, verknipt universum was beland. Ze had geen idee wat haar te wachten stond.

Ze begreep in elk geval dat ze heel erg moest oppassen tussen deze mensen. Dit huis was een slangenkuil en één verkeerde beweging kon noodlottig blijken. Het was van levensbelang dat ze haar rol volhield. Zolang ze geloofden dat ze Patrick O'Connors dochter was, zouden ze haar waarschijnlijk niets doen; ze was te waardevol voor hen.

Alleen zou ook Alex in zijn rol moeten blijven. Als hij straks bijkwam en zich vergiste, zou alles als een kaartenhuis instorten.

Haar grootste angst was dat Alex nog zo versuft zou zijn van de dreun die Bryson hem had verkocht, dat hij met een Engels accent zou praten.

Wat zou Bryson doen als hij ontdekte dat zijn gasten van de politie waren? Misschien zou hij wel besluiten dat het het veiligste was ze allebei te laten verdwijnen. Voorgoed.

Maddie was duizelig van angst. Danny! Je moet ons vinden! Haal ons hier weg!

De deur ging open en Celia keek de kamer in.

'Goed nieuws, Grace,' zei ze. 'Henry is aan het bijkomen. Zo te zien valt de schade reuze mee.' Ze glimlachte. 'Richard is bij hem. Je vriend probeerde iets te zeggen, maar ik vrees dat hij nog steeds wat suffig is.'

'Vind je het gek na zo'n klap?' snauwde Maddie. 'Ik wil naar hem toe! Nu!'

'Uiteraard,' zei Celia. 'Je bent vast vreselijk bezorgd om hem. Kom maar mee.'

Maddie volgde Celia een brede witte gang in. Een marmeren trap voerde in een lange, flauwe bocht omhoog. De hakjes van Celia klikten fel op de stenen treden.

Boven keek Celia achterom. 'Wanneer je hebt gezien dat Henry het goed maakt, kun je je nog net even opfrissen voor het eten. Ik hoop dat je van de Italiaanse keuken houdt,' zei ze, met alweer die glimlach.

Maddie had die grijns wel van haar gezicht willen meppen.

Ze liepen een tweede trap op. Bryson stond hen bovenaan met over elkaar geslagen armen op te wachten.

'Je vriend is weer bij kennis,' zei hij. Zijn ogen stonden duister en hard. Er speelde een wreed lachje om zijn lippen. 'Hij zei zojuist iets heel interessants.' Hij gebaarde naar een halfgeopende deur verderop in de gang. 'Misschien wil je het zelf ook even horen. Het werpt een heel nieuw licht op de situatie.'

HOOFDSTUK 10

Het busje stond halverwege Blythe Road geparkeerd, een zijstraat van Hammersmith Road. Danny zat achterin tussen alle elektronica. De scanner was ingeschakeld; er flikkerden groene lichtjes en om de paar seconden klonk een dof piepje. Het apparaat registreerde geen enkel signaal.

Danny zat ingespannen op een plattegrond te turen. De wijk W14 besloeg ongeveer een vierkante kilometer vol kronkelende straten. Op zich geen onmogelijk groot gebied om af te zoeken; als hij tenminste genoeg tijd had gehad, en een chauffeur die de wagen door de straten reed terwijl hijzelf achterin de knoppen bediende.

Maar hij had geen tijd. En er was geen chauffeur. Hij moest het in zijn eentje tegen de klok opnemen. Zijn grootste angst was dat hij in zijn haast Alex en Maddie te vinden iets over het hoofd zou zien. Met haast won je zelden snelheid, wist hij. Hij moest kalm blijven. Hij moest zich concentreren.

Op open terrein kon de apparatuur in de bus de verklikker tot op tweehonderd meter oppikken. Maar in deze kronkelige Londense straten, waar elk huis vol stond met elektrische apparatuur en de meeste ook nog eens ultrasone elektronische beveiligingssystemen hadden, was het een monnikenwerk het zwakke signaal uit alle achtergrondruis te halen.

Danny liet zijn vinger over de plattegrond glijden. Waarom was Londen niet net als Chicago? Rechte straten, vierkante huizenblokken. Dit hier was één grote wirwar.

De enige niet-bebouwde vlek op de plattegrond was de groene rechthoek van het park. Elke aankomend piloot zou de helikopter daar kunnen neerzetten. Maar de luchtverkeersleiding had gezegd dat ze op privéterrein zouden landen. Voor zover Danny wist, was het park van de gemeente. Het moest dus ergens anders zijn. Oké. Opties. Midden op Kensington High Street? Nee. Zelfs de Britten waren niet gek genoeg om zo'n stunt uit te halen. Op een plat dak misschien? Nee, hier stonden nergens flats. In de tuin van een of ander groot huis. Dat moest bijna wel.

Maar waar? Danny moest een keuze maken, en snel. De wijk werd doorkruist door Holland Road. Aan weerszijden daarvan lag een doolhof van straten.

Welke kant? Links of rechts?

'Nou slimmerik, je zit al aan de westkant,' mompelde hij in zichzelf. 'Dus misschien is het wel zo handig hier te beginnen.' Hij pakte een rode pen en stippelde een route uit die hem door het hele gebied zou voeren. In de relatief rustige zijstraten zou hij de regelmatige, monotone piep van de scanner vanachter het stuur kunnen horen. Zodra de toon veranderde, zou hij beet hebben.

Danny klauterde over de rugleuning, kroop achter het stuur en zette zich schrap. Als Maddie en Alex hier in de buurt waren, zou hij ze vinden, al moest hij de hele nacht door zoeken.

Hij praatte in zichzelf om de moed erin te houden, maar van binnen maakte hij zich ernstig zorgen om de veiligheid van Alex en Maddie. Bryson mocht zich dan voordoen als een doorsneezakenman, als ze één verkeerde beweging maakten, zou het heel lelijk kunnen aflopen. Danny hoopte maar dat ze zo slim waren hun rol vol te houden.

Want Richard Bryson zou niet blij zijn als hij erachter kwam dat

hij een stel geheim agenten in opleiding mee naar huis had gebracht.

Maddie werd een slaapkamer in geleid, die in dezelfde sobere stijl
als de kamer beneden was ingericht. Alex zat tegen het hoofdeind
van een groot tweepersoonsbed. Zijn gezicht zag grauw, op de
donkerrode bult na, die de slag met het wapen op zijn linkerslaap
had achtergelaten.

Alex wierp Maddie een gemene blik toe. De hatelijkheid in zijn
stem deed haar even schrikken.

'Donder op!' snauwde hij tegen haar. Hij keek naar Bryson. 'Ik zei
toch dat ik haar niet wilde zien!' Hij sprak nog steeds met een
Amerikaans accent.

Het drong tot Maddie door dat Alex toneelspeelde. Hij moest een
plan hebben.

'Ik vind dat je toch even met haar moet praten, Henry,' zei Bryson. 'Grace heeft er recht op te horen wat je mij net hebt verteld.'

Alex keek haar aan. Kennelijk had hij Bryson goed bestudeerd,
want zijn ogen stonden net zo koud en doods als die van hem.
'Kijk Grace, zoals ik het zie,' zei hij met vlakke, emotieloze stem,
'willen die gasten jou hebben, niet mij. En wat mij betreft, schatje,
mogen ze je houden, zolang ze mij maar laten gaan.'

Meteen begreep Maddie dat ze geloofwaardig moest reageren.
De echte Grace zou spinnijdig zijn om Henry's grove verraad.

'Jij vuile rat!' siste ze met vuurspuwende ogen. 'Hoe durf je!' Ze
maakte een beweging in de richting van het bed.

Brysons arm schoot naar voren en zijn linkerhand sloot zich
lichtjes om haar pols. 'Rustig aan, Grace. Geen hysterisch gedoe.'

Ze keek hem woedend aan. 'Hysterisch?' riep ze. Ze wendde

zich weer tot Alex. 'Ik vertrouwde je! Ik dacht dat je om me gaf!'

'Ik gaf om de diamanten,' zei Alex kil. 'Via jou kon ik daar gewoon makkelijk aan komen.' Hij haalde zijn schouders op. 'Het spel is uit, Grace. Ik ga ervandoor.'

Hij klauterde van het bed af. Nog steeds duizelig. Zijn hoofd bonkte. Hij stond wankel op zijn benen, maar was vastberaden zijn rol overtuigend genoeg te spelen om vrij te worden gelaten. Eenmaal buiten zou hij veel meer voor Maddie kunnen doen dan hier.

Richard Bryson stak zijn hand uit naar Alex. 'Even goede vrienden, hoop ik?'

'Natuurlijk.' Alex schudde zijn hand. 'Ik ben blij dat we het zo prettig hebben kunnen oplossen.' Hij keek naar Maddie. 'Dag, Grace. Misschien komen we elkaar nog eens tegen.'

'Reken maar!' snauwde Maddie. 'Je komt me nog wel eens tegen! En dan zul je wat beleven!'

Het werkte! Alex werd vrijgelaten! Alles zou in orde komen.

Alex liep naar de deur.

'Zal ik vragen of Celia een taxi voor je belt?' vroeg Bryson.

'Nee, bedankt, ik red me wel.'

'Wat ga je doen, Henry?'

In de deuropening draaide Alex zich half om. 'O, ik had al een ticket naar Zwitserland,' zei hij zo onverschillig mogelijk. 'Laat ik dat maar gebruiken.'

'Momentje,' zei Bryson.

Alex keek hem aan.

'Sorry, Henry,' zei Bryson hoofdschuddend. 'Ik kan je niet laten gaan. Het was leuk geprobeerd, maar ik trap er niet in.'

'Wat bedoel je, Richard?' vroeg Alex verbaasd. 'We hadden toch een afspraak? Jij houdt het meisje, ik hou mijn mond.'

'Zonder dat je er zelf ook maar één cent wijzer van wordt?' Grijnzend schudde Bryson zijn hoofd. 'Sorry Henry, maar dat geloof ik niet. Als je echt zo koelbloedig was als je mij wilt wijsmaken, zou je een deel van de diamanten willen hebben. Je hebt alles op het spel gezet om zover te komen, je zou niet zonder slag of stoot een kwart miljoen opgeven.'

'Denk je soms dat ik lieg?' vroeg Alex.

'Natuurlijk lieg je. Je laat Grace niet in de steek. Daarvoor geef je te veel om haar. Je bent een pienter type, Henry. Je had door dat het misging zodra we in die helikopter stapten. Je had zo in je eentje weg kunnen rennen toen de deur nog openstond, maar je wilde bij Grace blijven.' Hij spreidde zijn handen. 'Zeg nou zelf, is dat het gedrag van een man die geen zier geeft om zijn vriendin? Natuurlijk niet. En wat zou je doen als ik je vrijliet? Je zou alles op alles zetten om Grace hier ook weg te krijgen.' Brysons stem daalde tot een dreigend gegrom. 'Misschien zou je het zelfs in je hoofd halen de politie in te schakelen.' Hij schudde zijn hoofd. 'Dat kan ik niet laten gebeuren, Henry. Het spijt me voor je, maar je blijft hier.'

Even aarzelde Alex, alsof hij niet wist wat hij moest doen. Maar toen hij in beweging kwam, bewoog hij met de snelheid van het licht. Hij zette zich schrap in de deuropening en haalde uit met een felle karatetrap.

Bryson was compleet overrompeld. Alex' hiel raakte hem in zijn zij. Hij verloor zijn evenwicht en viel met een dreun op de grond.

Celia gilde en meteen werd de deuropening achter Alex geblokkeerd door een enorme figuur. Het was de gorilla die Alex uit de helikopter had getild. Zijn vierkante vuist kwam als een hamer neer op Alex' achterhoofd.

Alex zakte door zijn knieën. Harde, vlezige vingers drukten zich in zijn schouders, een voet stootte in zijn onderrug en klemde hem tegen de vloer.

Het was gebeurd voordat Maddie tijd had om te reageren.

Richard Bryson kwam wankelend overeind. Zijn dure kleren hingen scheef, zijn gezicht was een donderwolk van woede en pijn. Hij greep naar zijn heup. Zijn ogen spuwden vuur. 'Dank je... Jeff,' bracht hij hijgend uit. 'Ik geloof dat we... Henry... wat manieren... bij moeten... brengen.' Hij gebaarde naar het bed. 'Bereid jij hem maar vast voor. Ik kom straks terug om met hem af te rekenen.'

Vol afgrijzen keek Maddie toe, terwijl de reus Alex overeind sjorde en hem de kamer door smeet.

'Doe hem geen pijn!' riep ze. 'Alsjeblieft, doe hem geen pijn!'

Richard Brysons dunne vernisje van beleefdheid was weggevaagd door Alex' aanval. Hij greep Maddie in haar nek en duwde haar de gang op. Op het moment dat de deur achter hen dichtsloeg, hoorde ze het geluid van een vuistslag. Gevolgd door een gesmoorde kreun.

Alex' poging te ontsnappen kwam hem duur te staan.

HOOFDSTUK 11

Maddie zat aan een immense tafel in de eetkamer. Haar enige gezelschap was Celia Thomson, die als een vogeltje hapjes van haar bord zat te pikken.

Maddie kon geen hap door haar keel krijgen. Ze was misselijk van angst om Alex. Inmiddels had ze hem al meer dan een uur niet gezien, niet sinds Richard Bryson haar uit de slaapkamer boven had gegooid. Ze had al die tijd in haar eentje opgesloten gezeten in de woonkamer. Totdat Celia haar was komen halen voor het eten.

'Heb je geen honger, Grace?' vroeg Celia haar nu.

'Waar blijft Henry?' vroeg Maddie zonder op Celia's vraag in te gaan.

'Die moet helaas op zijn kamer eten,' antwoordde Celia. 'Dat lijkt Richard veiliger. Hij is bang dat Henry misschien... nou ja, je begrijpt het wel.' Ze knikte en schonk Maddie een vaag glimlachje. 'Laten we het zekere maar voor het onzekere nemen, hè? Het zou nog akelig kunnen aflopen met Henry als hij niet beter oppast.'

Maddie staarde haar aan. 'Hoe zit dat met jou?' vroeg ze. 'Ben je dom, krankzinnig of is er iets anders mis met je?'

Verbaasd trok Celia een wenkbrauw op.

'Jij doet alsof... alsof dit allemaal heel normaal is,' ging Maddie verder. 'Alsof er niets bijzonders aan de hand is.' Haar stem sloeg over. 'Ik word hier gevangen gehouden! Mijn vriend wordt in elkaar geslagen! En jij doet alsof het de gewoonste zaak van de wereld is. Ben je wel goed wijs?'

'Fijn dat je je woede zo krachtig kunt verwoorden, Grace,' zei Celia met gekmakende kalmte. 'Ik zou ook van streek zijn als ik in jouw schoenen stond. Maar dit is een zakelijke kwestie, Grace. Het is niet persoonlijk bedoeld. Als Henry zich had gedragen, zou niemand hem met een vinger hebben aangeraakt. Maar hij moet leren dat hij geen onrust mag stoken.' Met een slanke zilveren vork viste ze peinzend in haar voedsel. 'Wat wij hier doen, is niets anders dan wat zakenmensen over de hele wereld doen. Onze aanpak is alleen wat... directer, meer niet.' Ze wapperde met haar hand. 'Ach, soms gaan we misschien wat kort door de bocht. En we lossen onze problemen wellicht wat daadkrachtiger op dan anderen, maar het basisprincipe is hetzelfde. Het gaat erom de concurrentie een stap voor te blijven, winst te maken. Zo simpel ligt het.'

De rustige, redelijke toon waarop Celia sprak, maakte haar woorden des te angstaanjagender. Als ze werkelijk geloofde wat ze zelf zei, was ze net zo erg als Richard Bryson. Erger nog misschien.

'Hoe is het met Henry?' vroeg Maddie beheerst.

'Prima, hoor,' antwoordde Celia. 'Hij kan wel een stootje hebben. Hij zal er wel wat blauwe plekken aan overhouden, maar die trekken binnen een paar dagen weg.' Ze glimlachte. 'En als de onderhandelingen met je vader naar wens verlopen, zijn jullie hier tegen die tijd misschien al weg. Ik begreep dat jullie samen zijn weggelopen. Zó romantisch vind ik dat. Vertel eens hoe dat is gegaan.'

Vol ongeloof gaapte Maddie haar aan. 'Denk je nou echt dat ik hier gezellig met je ga zitten babbelen, terwijl je mij zó dezelfde aframmeling zou geven als Henry heeft gekregen?'

'Welnee,' zei Celia. 'Ik zou het niet over mijn hart verkrijgen je te slaan, Grace.' Ze glimlachte. 'Neem toch wat te eten, Grace. Je mag niet ziek worden.'

Vaag besefte Maddie dat ze inderdaad iets moest eten. Als ze hier heelhuids doorheen wilde komen, moest ze haar kracht op peil houden, haar gezond verstand bewaren. Haar maag protesteerde terwijl ze een hap nam. In de grimmige stilte dwong ze zichzelf het eten door te slikken.

'Kijk eens aan,' zei Celia uiteindelijk met een goedkeurend knikje naar Maddies lege bord. 'Netjes.' Ze nam een slokje uit haar wijnglas. 'Zeg, wat wil je de rest van de avond doen? Wil je een film kijken? We hebben best een aardige collectie dvd's. Van wat voor films hou je?'

Uitdagend keek Maddie haar aan. 'Heb je ook gangsterfilms? Ik heb wel zin in zo'n ouderwets verhaal waarin alle boeven op het eind achter de tralies belanden.'

Celia trok een zogenaamd gepijnigd gezicht. 'Oei,' zei ze. 'Maar het is fijn te merken dat je je gevoel voor humor terugkrijgt, Grace.'

Maddie haalde haar schouders op. 'Dat gaat vanzelf als je zulke vrolijke types om je heen hebt.' Haar ogen waren koud. 'Nou, blijven we hier de hele avond zitten kletsen?' vroeg ze vinnig.

Celia depte haar mond met een linnen servet. 'Ach, je bent natuurlijk moe,' zei ze. 'Het moet een zware dag voor je geweest zijn. Ik breng je naar je kamer.' De glimlach keerde terug. 'Na een nachtje slapen kijk je overal heel anders tegenaan, let maar op.'

Ze bracht Maddie naar de tweede verdieping. Voor de kamer waarin Alex werd vastgehouden, bleef Maddie koppig staan.

'Toe, Grace,' zei Celia, 'laten we Henry niet lastigvallen.' Ze wenkte en liep twee deuren verder.

De slaapkamer was net zo eenvoudig ingericht als de rest van het huis. Grace O'Connors koffer lag op het bed.

Celia opende een andere deur en liet Maddie de aangrenzende badkamer zien. Vervolgens wees ze naar een kast. 'Boeken, tijdschriften, voor als je nog wat wilt lezen. En een televisie, voor als je niet kunt slapen. Naast het bed zit een belletje. Druk daar maar op als je nog iets nodig hebt.'

Maddie keek naar het raam. 'Een touwladder zou wel handig zijn,' mompelde ze.

Celia lachte beleefd en liep naar de deur. 'O ja, je mobieltje hebben wij zolang in bewaring genomen, als je je soms afvraagt waar het is gebleven.'

In de deuropening draaide Celia zich nog een laatste keer om. 'Welterusten, Grace.'

Maddie keek haar strak aan. 'Wanneer mijn vader hier lucht van krijgt,' zei ze langzaam en dreigend, 'krijgen jullie hier spijt van. Ik waarschuw je maar alvast.'

'Ik zal het onthouden,' zei Celia. Ze stapte de gang op.

Maddie hoorde een sleutel in het slot omdraaien. Haar opstandige blik vervaagde bij het geluid. Op het moment dat ze het dreigement had geuit, had het heel oprecht geklonken. Want zodra Jack Cooper erachter kwam dat zijn dochter was ontvoerd, zou hij de hele Londense onderwereld overhoop halen om haar te vinden.

Zodra hij erachter kwam. Maar wanneer zou dat zijn?

Haar vader was op de economische topconferentie in Kent. De enige die een idee had van wat er speelde, was Danny Bell, maar die was hen kwijtgeraakt. Hoe zou hij er ooit achter komen waar ze zaten? De verklikkertjes hadden een bereik van tweehonderd meter. Londen had een doorsnede van twintig kílometer. Nee, ze hadden geen schijn van kans...

Maddie liet zich op het bed zakken en begroef haar gezicht in haar handen. Al haar bravoure was verdwenen.

Nog nooit had ze zich zo eenzaam gevoeld.

Danny keek op zijn horloge. Het was al over twaalven. Hij wreef in zijn ogen. Moe was hij niet, de adrenaline die door zijn lichaam stroomde, hield hem klaarwakker, maar zijn zintuigen raakten vertroebeld door de voortdurende spanning.

Hij had alle straten ten westen van Holland Road uitgekamd, maar de zoektocht had niets opgeleverd. Het busje stond nu geparkeerd op Somerset Square en Danny pakte de plattegrond om een nieuwe route uit te stippelen. Ten oosten van Holland Road lagen minder straten. De lanen waren breder, de huizen groter. Het stond hier vol met Porsches, Maserati's en terreinwagens. Het hele gebied droop van het geld.

De scanner piepte.

Danny keek naar het apparaat. Het monotone geluid begon zo langzamerhand op zijn zenuwen te werken. Met een nijdige blik wees hij naar de monitor. 'Nou moet je eens goed naar me luisteren,' gromde hij. 'Ik ben meer dan drie dagen bezig geweest om je in elkaar te zetten, dus ik verdien wel wat meer dan dat suffe gepiep, lijkt je ook niet? Ik geef je nog vijf minuten om met iets beters te komen, begrepen? Mooi zo! Daar gaan we dan.'

Hij manoeuvreerde de bus het wegdek op. De boomrijke straten waren zo goed als uitgestorven. Heel af en toe gleden de koplichten van een andere auto voorbij. Het was bijna griezelig, zo stil als het was.

Danny hield zijn oren gespitst om het gepiep van de scanner boven de motor uit te kunnen horen. 'Had ik maar een thermosfles koffie bij me,' mompelde hij in zichzelf. 'Ik kan best wel een opkikkertje gebruiken.' Hij nam een bocht en kwam uit op Addison Road. Hij sloeg rechtsaf en reed langzaam de donkere laan af.

Op ongeveer tweederde van de straat gebeurde er iets vreemds achter in de bus. Het geluid van de scanner werd plotseling overstemd door een knetterende ruis. Danny fronste zijn voorhoofd, maar bleef doorrijden. Het geknetter hield vijf seconden aan voor het weer vervaagde.

De hele avond al hoorde hij dit soort geluiden; beveiligingssystemen die inbraken op de frequentie die hij gebruikte en het signaal vervormden. Maar zo'n krachtige storing als nu had hij niet eerder gehoord. Ergens in deze straat stond een pand dat uitpuilde van de sensoren. Geen gewoon anti-inbraakalarm: dit was iets veel groters.

Danny sloeg een zijstraat in, keerde de bus en kroop met een gangetje van vijftien kilometer dezelfde route terug. Hij luisterde ingespannen naar de scanner.

Op de hoek van een volgende straat stond een kast van een huis. Het geknetter werd harder. Op het moment dat Danny de witte villa passeerde, sloeg de scanner haast op tilt.

Danny zocht naar een plekje om te parkeren. Hij had geluk. Er was een enkel plaatsje vrij aan de overkant van de straat. Hij liet de bus erin glijden en zette de motor uit. Snel klauterde hij over de rugleuning naar achteren en begon de filters bij te stellen. De ruis vervaagde.

Peinzend boog hij zich over de elektronische apparaten, volledig geconcentreerd, en hij probeerde de storing verder te onderdrukken.

Er klonk een ander geluid op. Een toon die eerst niet boven de ruis uit was gekomen.

Brieliep-liep. Brieliep-liep-liep. Brieliep-liep-liep-liep.

Danny's ogen werden groot. Hij durfde zijn oren amper te geloven. Langzaam verscheen er een grijns op zijn gezicht.

'Eindelijk!' riep hij toen. 'Danny, je bent een genie! Je hebt ze gevonden!'

Van opluchting begon hij te lachen.

Het was twee minuten voor halfeen. Het enige wat hij nu nog hoefde te doen, was ze die villa uit zien te krijgen...

HOOFDSTUK 12

Als een gekooide tijger banjerde Maddie door haar kamer. Van de ene kant naar de andere. Van de deur naar het raam. Ze was uitgeput, maar haar emoties hielden haar op de been. Angst. Woede. Wanhoop. Zorgen om Alex. Haar hoofd liep om.

Ze liep naar het hoge schuifraam en trok de gordijnen open. Onder haar lag de donkere vlakte van de tuin. Flarden van de witte muur lichtten op tussen de bomen. Ze deed het raam zo geruisloos mogelijk open en leunde naar buiten. De lucht was kil. De grijze tegels van het terras lagen 10 meter onder haar. Het was veel te hoog om te springen. Ze durfde het niet. Ze zou al haar botten breken. Of erger nog.

Ongeveer een meter onder het raam liep een kroonlijst over de gevel. Een uitstekende rand van niet meer dan 10 centimeter breed. Maddie keek opzij. Er zaten nog twee hoge ramen aan deze zijde van het huis. De kamers hadden allemaal één raam. Dan moest het tweede raam hiervandaan bij de kamer horen waar Alex werd vastgehouden.

Maddies verstand werd overschreeuwd door het verlangen Alex te zien. Al was het maar om hem te laten weten dat zijzelf niets mankeerde. Om hem gerust te stellen, te vertellen dat alles goed af zou lopen.

Danny kan hier elk moment zijn, hield ze zichzelf voor de zoveelste keer voor.

Al begon ze daar steeds meer aan te twijfelen. Het drong steeds sterker tot haar door dat ze er alleen voor stonden.

Maddie draaide zich weg van het raam en liep naar de deur. Ze staarde naar de kruk. Ze had Celia de sleutel om horen draaien, ze wist dat ze opgesloten zat. Toch greep ze de kruk vast en gaf er een ruk aan. De deur gaf geen duimbreed mee.

Ze kon zichzelf wel voor haar kop slaan. Wat was ze stom geweest! Haar ogen sprongen vol tranen. Moedeloos liet ze zich langs de deur omlaag glijden. Ze bleef op de grond zitten, haar armen om haar benen geslagen, haar kin op haar knieën.

Achter het gapende raam drong de nacht zich op. 'Nee!' zei ze hardop tegen de gedachte die in haar opkwam. Voor geen goud zou ze die gevaarlijke klim naar Alex' raam maken. Dat smalle randje sierstenen zou haar nooit houden. Ze zou uitglijden. Ze zou vallen. Nee.

Lange, tergende minuten tikten weg. Af en toe hoorde ze voetstappen ergens in het huis. Gedempte stemmen. Een deur die dichtsloeg.

Ze zat gebiologeerd naar de zwarte rechthoek van het open raam te staren. Het was net een hongerige mond die haar zou opslokken als ze te dichtbij kwam.

'Nee,' fluisterde ze opnieuw. 'Het heeft geen zin. Ik kan het niet.'

Jawel, Maddie. Je kunt het best.

De stem was zo helder dat ze even dacht dat er iemand naast haar stond. Haar moeder.

Heel traag kwam ze overeind. Ze liep naar het raam.

Haar hart hamerde in haar borst. Haar knieën knikten. Ze stak een been naar buiten. Ze voelde haar heup protesteren. Een herinnering aan de schotwond.

Dit was krankzinnig. Haar conditie was te slecht om zoiets te doen. Haar heup zou haar verraden en ze zou te pletter slaan op het terras. Ze liet zich zakken en bleef met aan elke kant een been op de brede vensterbank zitten. Ze probeerde haar ademhaling onder controle te krijgen. Nog nooit in haar leven had ze zoiets engs gedaan.

Aarzelend verlegde ze haar gewicht. Het was koud buiten, maar het zweet droop over haar gezicht en haar hele lichaam gloeide. In gedachten zag ze zichzelf keer op keer op die harde terrastegels neerkomen.

Ze strekte haar been omlaag om haar voet op de smalle rand te zetten. Ze zakte wat verder, zich vastklampend aan de raampost. Het randje hield.

Het was nu of nooit.

Het besef dat Alex gewond in die kamer lag, gaf de doorslag. Ze gleed van het kozijn en zette haar andere voet op de kroonlijst. Ze greep zich vast aan het kozijn.

Heel even raakte ze in paniek en ze wilde meteen terugklimmen. Maar ze dwong zichzelf haar vingers los te maken van de houten raampost. Voetje voor voetje schoof ze over de stenen rand.

Op het moment dat ze het eind van het raam bereikte, voelde ze een vlaag van misselijkheid opkomen. Het witte pleisterwerk bood nergens houvast, drong tot haar door. Het volgende raam begon pas twee meter verderop. Om door te gaan, zou ze zichzelf tegen de muur moeten drukken en hopen dat de rand haar hele gewicht hield.

Maddie perste zich met gespreide armen tegen de muur. Die leek even te kantelen, alsof hij haar van zich af wilde werpen. Ze wist zeker dat ze zou vallen. Het was onvermijdelijk.

Ze had geen idee hoe lang ze daar stond, platgedrukt tegen de witte gevel, verstijfd van angst. Uiteindelijk wist ze zich genoeg te vermannen om een paar centimeter verder te schuifelen.

Het volgende raam leek eindeloos ver bij haar vandaan. Haar vingers kropen over de muur op zoek naar de rand van het kozijn. Haar voeten leken amper vooruit te komen.

Toen ze tenslotte het raam bereikte, schrok ze opnieuw. Het was niet de veilige haven die ze had verwacht. De vensterbank stak uit, zodat ze achterover moest buigen, de leegte in. Ook het kale glas van de ruit bood geen houvast. Ze liet haperend haar adem ontsnappen toen ze er voorbij was.

Het laatste stukje muur doemde op. Haar handen zaten al vol schaafwonden. Haar heup en benen zeurden.

Dit was gekkenwerk.

Waar was ze aan begonnen?

Waarom zou ze haar leven op het spel zetten?

Om Alex te zien. Ja, daarom.

Ze schuifelde verder. Het tweede raam kwam langzaam dichterbij. Ze was er bijna. Een gevaarlijk soort overmoed maakte zich van haar meester. Ze had het voor elkaar! Ze deed een greep naar het kozijn.

Haar enkel zwikte. Langs de muur gleed ze opzij. Haar voeten spartelden zinloos door de lucht. Ze wist zich nog net aan de vensterbank vast te grijpen. Ze klemde haar vingers om het gladde steen. Haar schouderspieren leken te scheuren, terwijl ze met haar handen haar volle gewicht opving. Ze verspilde kracht door als een bezetene met haar schoenneuzen over de gladde muur te schrapen. Haar voeten vonden nergens steun.

Ze kon niet verder. Ze kon niet terug omhoog.

Machteloos bleef Maddie in het donker hangen.

Danny begon gefrustreerd te raken. Hij zat al meer dan een half-uur achter in de bus, maar hij was nog geen steek wijzer dan toen hij het verklikkersignaal voor het eerst uit al die achtergrondgelui-den had gefilterd.

'Kom op, jongens, word eens wakker!' Hij gaf een klap op een van de instrumenten. Meteen had hij spijt. 'Sorry, sorry!' Hij streek sussend over de kabeldoos en de elektronische panelen.

Het was om gek van te worden. Hij wist dat een van de verklik-kers zich in dat huis bevond, maar welke? Degene in het buideltje diamanten of degene in de zoom van Maddies jurk? De enige ma-nier om te bevestigen dat Alex en Maddie binnen waren was con-tact te zoeken met Alex. Wat Danny nu al ruim een halfuur tevergeefs probeerde.

De zender en ontvanger waren binnen bereik, maar de lucht zat vol ruis. Het was alsof je te midden van een joelende menigte een enkele zachte stem probeerde te verstaan.

Danny verschoof zijn koptelefoontje en sloot zijn ogen om zich beter te kunnen concentreren. Zijn vingers bewogen zelfverze-kerd over allerlei schuifjes en knopjes.

'Alex?' riep hij voor de zoveelste keer. 'Alex? Ben je daar?'

De radiogolven kraakten en floten. Hij spitste zijn oren.

Niets.

Hij leunde moedeloos achterover. Het liefst had hij al die waar-deloze apparatuur de bus uit geschopt. Toegekeken hoe alles von-kend uiteenspatte. Op dat moment schoot hem iets te binnen.

'Sufkop!' fluisterde hij. 'Danny, stomme sufkop die je er bent!' Hij dook op de panelen af en begon allerlei kabels los te rukken.

De geavanceerde elektronica zoog de ruis op, concentreerde het, versterkte het. Als hij alles uitschakelde, zou hij misschien een respons via zijn mobieltje kunnen krijgen. Het was het proberen waard.

Alex lag in het donker. Zijn hoofd bonkte nog van de klap met het wapen in de helikopter. Wanneer hij zijn ogen dichtdeed, flakkerden er rode vlammen op achter zijn oogleden. De gorilla had hem maar twee klappen verkocht: een stomp in zijn maag en een slag met de rug van zijn hand tegen zijn kaak. Het waren waarschuwingen geweest. Een voorproefje van wat hij kon verwachten als hij zich niet gedroeg. Alex besefte dat hij er de volgende keer niet zo gemakkelijk vanaf zou komen.

Er was een tand door zijn lip gegaan. Hij proefde bloed. Zijn polsen waren met breed plakband strak aan elkaar gebonden. Zijn vingers waren gevoelloos. Om zijn enkels zat een dunne ketting die met hangsloten aan het bed was vastgemaakt. Gelukkig hadden ze het minuscule microfoontje en de zender niet ontdekt. Al maakte dat weinig uit, want ze waren inmiddels mijlenver buiten Danny's bereik.

Als hij zijn uiterste best deed, kon hij overeind gaan zitten. Hij kon van zijn ene op zijn andere zij rollen. Of hij kon op zijn rug blijven liggen en naar het plafond staren.

Zijn hoofd liep over van de zwartgallige gedachten. De situatie was uitzichtloos. Hij gaf zichzelf de schuld van alles wat er was gebeurd, en van alles wat nog zou gebeuren. Hij had Maddie nooit mee moeten nemen naar Heathrow. Het was idioot geweest. Gevaarlijk en hersenloos en volslagen idioot.

En de ellende was nog lang niet voorbij. Morgen werd Eddie Stone hier verwacht. De gorilla had er iets over laten vallen.

'Eddie komt morgenochtend aan,' had hij gezegd terwijl hij de ketting rond Alex' enkels vastbond. 'Ik zou me maar gedragen.' Hij had het hangslot dichtgeklikt en Alex even aangekeken. 'Eddie is heel wat minder zachtzinnig dan ik.'

Voor zover Alex kon bepalen, geloofden Bryson en Celia nog steeds dat ze Henry Dean en Grace O'Connor in handen hadden. Wanneer ze dat morgen aan hun baas vertelden, zou die op zich geen enkele reden hebben daaraan te twijfelen. Alleen zou Eddie Stone natuurlijk meteen contact opnemen met Patrick O'Connor. Hij zou de Amerikaanse zakenman laten weten dat hij zijn dochter vasthield. O'Connor zou een bewijs eisen dat ze Grace daadwerkelijk hadden. Een digitale foto misschien, per e-mail. Haar stem aan de telefoon. Iets overtuigends.

Ze zouden onherroepelijk door de mand vallen.

En dan?

Eddie Stone zou willen weten wie de twee gijzelaars echt waren, en snel. Alex' bloed stolde bij de gedachte aan de methodes die Stone zou gebruiken om de waarheid eruit te krijgen.

Wat zou hij doen als erachter kwam dat Maddie de dochter was van hoofdinspecteur Cooper? Hoe zou hij reageren wanneer hij ontdekte dat ze de dochter was van de man die zijn vader achter de tralies had gegooid?

Tegen beter weten in probeerde Alex zich los te worstelen, onverschillig voor de pijn van de ketting die in zijn enkels beet en het plakband dat in zijn polsen sneed.

Bij het horen van een geluid bij het raam verstarde hij. Een doffe dreun. Gekras, geschuifel.

Hij wurmde zich overeind en staarde naar het zwarte gordijn.

Hij meende een kreun te horen, of misschien was het de wind.

Er klonk een kort schrapend geluid, alsof er iets tegen de muur op krabbelde. Toen werd het weer stil.

Hij bleef nog even ingespannen zitten luisteren.

Nee. Niks meer.

Opeens hoorde hij iets anders.

Het gekraak van hout dat over hout schoof.

Iemand probeerde het raam open te wrikken.

HOOFDSTUK 13

Maddie had zich al door te veel heen geslagen om nu op te geven. De schietpartij. Het verlies van haar moeder. Haar vaders invaliditeit. Haar gebroken toekomst als balletdanseres. Maanden van pijn en verdriet.

In haar werk voor PIC had ze nieuwe hoop gevonden, een nieuw doel. Het mocht niet allemaal eindigen in een val op de koude, harde terrastegels.

Op de een of andere manier wist ze de kracht te vinden om zichzelf omhoog te hijsen. Ze negeerde de stekende pijn in haar heup en zette een knie op de uitstekende rand. Wurmde een elleboog over de vensterbank. Ze bleef even hangen, zoog lucht in haar longen en bedwong haar duizeligheid.

Ze trok zichzelf verder omhoog, tot ze weer met haar voeten op de kroonlijst stond. Relatief veilig. De uitstekende vensterbank dreigde haar eraf te duwen.

Als het raam op slot zat, had ze alles voor niets geriskeerd. Ze wurmde haar vingers onder het hout en zette kracht. Knarsend ging het een paar centimeter omhoog.

De opluchting was adembenemend. Ze stak haar vingers door de kier en schoof het raam verder naar boven. De gordijnen bolden op. Ze boog voorover en liet zich de donkere kamer in tuimelen.

'Maddie?' fluisterde Alex' stem.

'Ja, ik ben het.' Maddie hijgde. Ze maakte zich los uit de lange gordijnen en kwam met trillende benen overeind. Ze zag Alex op het bed zitten. 'Ik... ben... hierheen... geklommen...' bracht ze uit terwijl ze wankelend naar hem toe liep. 'Er zat... een randje... ik viel bijna...'

'Gaat het wel?' vroeg Alex dringend. 'Hebben ze je niks gedaan?'

'Nee. En jou?'

'Ach, ik leef nog. Maddie, luister. Je moet hier weg. Als ze erachter komen wie je werkelijk bent...'

'Ik ga niet weg zonder jou,' onderbrak ze hem. Ze knielde neer op het bed en begon het plakband van zijn polsen los te trekken. 'We gaan samen.' Even verscheen er een grimmig lachje om haar lippen. 'Ik ben hier om je te redden. We vinden wel een manier om weg te komen.'

Alex masseerde zijn gevoelloze handen zodat het bloed weer begon te stromen. Hij boog voorover en probeerde in het donker de ketting rond zijn enkels te bestuderen.

'Ik heb licht nodig,' zei Maddie, die hetzelfde deed. 'Ik zie niet wat ik doe.'

'Nee!' siste Alex. 'Geen licht aandoen. Straks zien ze het.'

Maddie betastte het zware hangslot. 'Dat ding krijg ik nooit open. 'We hebben iets nodig om de ketting door te zagen.'

'Hm, mijn betonschaar zit toevallig in mijn andere pak.'

Hulpeloos keek Maddie hem aan. 'Ik weet niet hoe ik je los moet krijgen.' Ze staarde de duistere kamer rond, alsof ze hoopte dat er zomaar ergens een ijzerzaagje lag.

'Maddie! Laat nou maar! Ga...' Hij zweeg abrupt. In zijn oor had hij een heel zwakke stem gehoord.

'Alex? Ben je daar? Alex? Alex, verdorie!'

'Danny?'

'Alex!' Er klonk een oerwoudkreet door het minuscule oordopje. 'Man! Je moest eens weten hoe lang ik al bezig ben erdoor te komen. Wat is daar allemaal aan de hand, Alex? Is Maddie bij je?'

Maddie stond Alex roerloos aan te staren. Ze durfde het amper te geloven.

Alex keek haar aan. 'Ja, die staat hier vlak bij me. Ze mankeert niks. We zijn allebei nog heel.'

'Toen jullie opstegen met die helikopter,' zei Danny opgewonden, 'dacht ik dat ik jullie nooit meer terug zou vinden. Ik dacht: hoe moet ik dit in vredesnaam uitleggen aan de hoofdinspecteur? Jullie hebben me de stuipen op het lijf gejaagd!'

'Luister, Danny,' zei Alex. 'We zitten opgesloten. Ik weet niet wat ze van ons willen, maar...'

'Ik wel!' onderbrak Maddie hem. 'Ik weet precies wat ze willen.'

Vlug legde Maddie uit wat ze te horen had gekregen.

'En dat is nog niet alles,' voegde Alex eraan toe. 'Morgenochtend verwachten ze Eddie Stone hier.'

'Nee, hè!' riep Danny. 'Die hangt natuurlijk meteen met Patrick O'Connor aan de telefoon.'

'Dat denk ik ook, ja.'

'En dan komt O'Connor erachter dat Maddie zijn dochter niet is.'

'Precies.' Alex keek naar Maddie, die maar de helft van het gesprek kon horen. 'Dus je moet ons hier weg zien te krijgen voordat Eddie er is.'

'Oké,' zei Danny. 'Luister goed. Ik wil dat jullie blijven zitten waar je zit. Laat het maar aan mij over. Jullie zijn daar weg voor je het weet, dat beloof ik.'

'Nee!' riep Maddie tegen Alex toen die de boodschap had overgebracht. 'Zeg dat hij moet wachten.'

'Danny? Maddie zegt dat je moet wachten.' Hij keek haar aan. 'Waarom?'

'Dit is onze kans het grote verband aan te tonen,' drong ze aan. 'Je zegt dat Eddie hier morgenochtend heen komt. Als de politie hier vannacht binnenvalt, blijft hij natuurlijk weg.'

'Maar dan hebben we Bryson in elk geval,' wierp Alex tegen. 'Via hem kunnen we Eddie aanpakken.'

Fel schudde Maddie haar hoofd. 'Nee, Eddie kan gewoon ontkennen dat hij hier ook maar iets vanaf weet. Straks moeten we hem laten lopen.' Ze wilde van geen wijken weten. 'Eddie móét hiernaartoe komen en als hij komt, moet het hier niet wemelen van de politie.'

'Ze is gestoord, Alex,' verzuchtte Danny. 'Zeg maar tegen haar dat ze gestoord is.'

'Danny vindt het niet zo'n goed idee,' zei Alex tegen Maddie. 'Ik ben het met hem eens. We moeten zorgen dat jij hier wegkomt. Eddie komt nog wel aan de beurt. Het is te riskant.'

Maddies ogen vlamden. 'We moeten het erop wagen,' hield ze vol. 'Michael Stone heeft mijn vader en moeder en mij op straat laten neerschieten. En het zou best eens kunnen dat de schutter hier in huis is.' Ze huiverde even bij het idee. 'Als we het uit weten te houden tot Eddie Stone hier is, kunnen we ze misschien allemaal in één klap uitschakelen.'

Alex gaf aan Danny door wat ze had gezegd. 'Dit pand staat niet in ons Stonecor-dossier,' voegde hij er aarzelend aan toe. 'Dit kan wel eens de plek zijn waar ze al hun onfrisse zaakjes doen. Als we Eddie Stone kunnen oppakken terwijl hij hier is, belandt hij misschien gezellig bij zijn vader in de cel.'

'Ja, of jullie tweeën belanden gezellig op de bodem van de Theems,' bromde Danny.

Die opmerking gaf Alex maar niet door aan Maddie. Hij nam haar taxerend op. Tot nu toe had ze haar hoofd er verbazingwekkend goed bij gehouden. Als Stonecor voorgoed werd opgedoekt, zou ze alle verschrikkingen van het afgelopen jaar misschien kunnen afsluiten.

Alex weifelde. Tot hiertoe waren zijn besluiten niet bepaald verstandig geweest.

In het donker ontmoette hij Maddies onverzettelijke blik. 'Danny?' zei hij toen. 'Blijf in de buurt. Licht het hoofdkwartier in over de situatie. Zeg dat ze paraat moeten staan om de boel te bestormen, maar dat ze zich gedeisd houden tot ik een teken geef.'

Maddie trok een mondhoek omhoog en knikte.

'En Danny?' voegde Alex eraan toe. 'Zodra ik dat teken geef, wil ik dat het hele terrein binnen een paar tellen wordt afgegrendeld, oké?'

'Oké. Je hoort nog van me. Zeg tegen Maddie dat ze voorzichtig moet zijn.'

'Doe ik.'

De verbinding werd verbroken.

Alex keek Maddie een poosje zwijgend aan. 'Kun je dit aan?' vroeg hij toen.

Ze knikte.

'Danny vindt dat je gestoord bent.'

'Hij heeft waarschijnlijk gelijk.'

Alex hield zijn armen naar voren. 'Bind me maar weer vast.'

Met tegenzin begon Maddie het plakband weer om Alex polsen te wikkelen.

'En, eh... Maddie? Je zult via dezelfde weg terug moeten gaan als je gekomen bent.'

Maddie slikte. 'Ja, dat had ik ook al bedacht. Maar moet je dat nou per se hardop zeggen?'

Om de ruis te onderdrukken en een verstaanbare verbinding met Alex te kunnen krijgen, had Danny praktisch alle apparatuur in de bus uitgeschakeld. Het had gewerkt, al was het signaal zwak geweest. Terwijl Danny vermoeid zijn mobieltje onder het plafondlampje hield, besefte hij dat hij nog een probleem had.

Op het schermpje stond de melding: batterij bijna leeg. Hij kon nog even vooruit, maar als hij niet oppaste zou hij straks niet langer in contact kunnen blijven met Alex.

Hij fronste zijn voorhoofd. 'Waarom heb je dan ook geen lader bij al die rommel ingebouwd?' vroeg hij zich hardop af terwijl hij de bus rondkeek. 'Stomkop!'

Hij zette de zender aan en schakelde over op een andere frequentie. Er klonk een hoop gesis. Wat het ook voor apparatuur was in dat huis, alles in de bus raakte erdoor van slag. Danny probeerde het uitgangssignaal te versterken en de ruis te dempen. Zijn poging leverde een fluittoon op die als een mes door zijn hoofd sneed.

Hij zette de zender weer uit.

'Kijk, Danny,' mompelde hij. 'Je kunt twee dingen doen. Of je blijft hier en gebruikt je mobieltje, óf je gaat buiten op zoek naar een telefooncel.' Het idee om de bus uit te komen, trok hem niet aan. Hij stond in het volle zicht van de zijkant van de villa. Met twee gijzelaars in huis zouden de mensen binnen vast en zeker niet allemaal tegelijk naar bed gaan. Er stond natuurlijk iemand op wacht. En als die persoon toevallig uit het raam keek en Danny uit de bus zag stappen, dan zou diegene wel eens achterdochtig kunnen worden en op onderzoek uit kunnen gaan.

Nee. Hij kon beter riskeren dat het mobieltje leegraakte.

Hij toetste het knopje in waaronder hij het nummer van het hoofdkwartier had geprogrammeerd.

Na twee keer overgaan nam er een vrouw op.

'Special Branch noodlijn, zegt u het maar.'

Danny knipperde. Special Branch? Hoe was hij bij Special Branch terechtgekomen? 'Ik probeer PIC te bereiken,' zei hij verward. 'Het is dringend.'

'Daar is helaas niemand beschikbaar,' zei de vrouw. 'De directe lijnen naar PIC worden morgenochtend om half zeven weer opengesteld. Kan ik u misschien helpen?'

O ja. Het hoofdkwartier van PIC was niet 24 uur per dag bereikbaar. 's Avonds werden alle telefoontjes doorgeschakeld naar de inlichtingendienst van Scotland Yard. Danny dacht koortsachtig na. Als hij Special Branch er in dit stadium bij betrok, zouden ze de zaak meteen overnemen. Ze zouden hun eigen protocol volgen. Het pand zou binnen een mum van tijd omsingeld worden. In elk geval zouden ze niet geïnteresseerd zijn in de mening van twee jonge rekruten en een zestienjarige stagiaire.

Bovendien zou hij de reputatie van PIC schaden als hij Special Branch erbij haalde. De hele blunder zou openbaar worden. Het zou overkomen alsof Jack Cooper zijn mensen niet in de hand kon houden. Er zouden vragen worden gesteld over de rol van Coopers dochter. Het kon nare gevolgen hebben voor Jack Cooper en voor de hele dienst.

Danny beet op zijn duimnagel. Verdorie!

'Kan ik u misschien helpen?' vroeg de vrouw nogmaals.

'Om halfzeven, hè?'

'Dat klopt.'

113

'Prima.' Danny had een besluit genomen. 'Bedankt.' Hij verbrak de verbinding.

Tenzij er een kink in de kabel kwam, zou het de rest van de nacht waarschijnlijk rustig blijven in de villa. Om klokslag halfzeven zou hij PIC bellen en naar Kevin Randal of Roland Jakes of een van de andere sectiechefs vragen. Dan konden zij nog net een overvaleenheid bij het huis verzamelen voordat de dag goed en wel aanbrak.

Danny tuurde naar de waarschuwing over zijn batterij.

Hopelijk had hij de juiste beslissing genomen.

De levens van Maddie en Alex' konden er wel eens van afhangen.

Van top tot teen trillend lag Maddie op bed. Haar hoofd gloeide van de koorts. Ze had vreselijk overgegeven. De angst had haar tenslotte in zijn greep gekregen. De klim terug was een nachtmerrie geweest. Ze had gehoopt dat het de tweede keer gemakkelijker zou gaan, maar het was juist nog enger geweest. Haar handen beefden nog steeds van de inspanning. Haar kousen zaten vol gaten doordat haar benen langs de muur hadden geschraapt. De Ferragamo-jurk was compleet aan flarden.

Maar het ergste waren nog wel de gruwelijke herinneringen die door haar hoofd spookten. De herinnering aan de kogelregen in het donker. Aan de schrik, de pijn en de angst. Aan het bloed op het straattegels. Aan die honende stem. 'Michael Stone wenst jullie welterusten.'

Michael Stone had opdracht gegeven tot de schietpartij. Er mocht dan geen bewijs voor gevonden zijn, hij zat erachter. Maar Michael Stone had niet zelf de trekker overgehaald. Hij had het vuile werk door iemand anders op laten knappen. Door een huur-moordenaar. Een type zoals Richard Bryson. Of die gorilla die Alex had afgeranseld.

Bij de gedachte dat ze misschien onder één dak verbleef met de man die zijn wapen op hen had geleegd, speelde haar maag opnieuw op. Ze strompelde naar de badkamer en gaf weer over.

In de spiegel bestudeerde ze haar gezicht. Haar ogen stonden verwilderd, haar huid was lijkbleek.

'Ik kan niet meer,' fluisterde ze. 'Het lukt nooit. Ik wil naar huis.' Ze liet haar hoofd hangen, terwijl de tranen over haar wangen stroomden. 'Ik ben op!' Vijf minuten lang stond ze verslapt en wanhopig te snikken.

Toen daalde er een soort kalmte over haar neer. Ze hief haar hoofd weer op en keek naar haar ogen. Ze voelde zich hol van binnen. Leeg. Ze spoelde haar gezicht af.

Ze sjokte terug de slaapkamer in en liet zich op bed vallen. Als een aangespoelde drenkeling lag ze over het bed uitgespreid. Ze was versleten. Toch zou ze vast niet in slaap kunnen komen.

Ze sloot haar ogen.

Haar lichaam was loodzwaar.

Ze had het gevoel dat ze in een diepe, donkere put viel.

De vermoeidheid zoog haar in een slaap vol afschuwelijke, levensechte nachtmerries.

HOOFDSTUK 14

06.00 uur

Richard Bryson was al vroeg uit de veren. Hij sloop door de gangen, verlangend naar Eddie Stones komst. Hij had geslapen als een roos. Dit werd zijn grote dag. Sinds Eddie de leiding over Stonecor had overgenomen, beviel het Bryson minder goed bij het bedrijf. De loyaliteit en het vertrouwen waren afgenomen, de sfeer was heel anders dan toen Eddies vader het bedrijf had geleid. Richard had het gevoel dat hij op een zijspoor was gezet. Vandaag zou daar verandering in komen.

Richard Bryson liet niet langer met zich sollen. Nu hij Grace in zijn greep had, zouden de machtsverhoudingen in de onderhandelingen met O'Connor omslaan. Die verwaande Amerikaan zou uit zijn hand eten. Het zou weer net zo worden als vroeger. Allemaal dankzij hem.

Het was nog vroeg, maar hij wilde alles tot in de puntjes voorbereiden. Langzaam liep hij de trap op. Hij glimlachte in zichzelf.

Hij deed de deur van Alex' kamer van het slot. Duisternis. Stilte. Hij knipte het licht aan en liep naar het bed. Henry Dean leek te slapen. Bryson boog zich over hem heen. Alex' hemd zat verdraaid; er was een knoopje opengesprongen.

Bryson stak zijn hand uit om Henry wakker te schudden. Ineens viel hem iets raars op. Hij greep het verkreukelde shirt vast en trok het verder open. 'Wat moet dit verdomme voorstellen!' schreeuwde hij.

Alex werd met een schok wakker.

Bryson rukte het draadje van Alex' borst. De piepkleine zender bungelde in zijn vuist. Hij stampte naar het midden van de kamer, vlak onder de lamp. Het felle licht bevestigde zijn vermoeden. Henry Dean droeg afluisterapparatuur!

Vanuit zijn bed keek Alex verschrikt toe. Klaarwakker. Voorbereid op het ergste.

Bryson draaide zich om en liep naar hem toe. 'Wat is dit?' Alex keek hem aan. 'Alsof je dat niet weet.'

'Wat voor spelletje speel jij, Henry?' Bryson liet de zender in zijn geopende palm rusten. 'Dit ding heeft een bereik van hooguit een paar honderd meter. Met wie sta je in contact?'

'Niemand.'

'Staat er iemand buiten? Iemand met wie je hebt gepraat?' Richard schoot naar het raam, trok de gordijnen open en tuurde naar buiten. Achter de bomen en de muur stonden de auto's bumper aan bumper geparkeerd.

Hij beukte met zijn vuist tegen het kozijn. 'Juist, dit gaan we uitzoeken.' Hij rende naar de deur en wees vanuit de opening nog even dreigend naar Alex. 'Jou spreek ik straks nog wel!'

'Jeff!' hoorde Alex hem op de gang roepen. 'Naar buiten jij! Ik wil dat je de hele omgeving uitkamt!' Er klonken roffelende voetstappen op de trap en zijn blaffende stem vervaagde. Niet dat Alex hem hoefde te horen om te begrijpen wat er gebeurde. Bryson stuurde de gorilla de straat op om Danny te zoeken.

Hun plan liep volkomen in het honderd.

Een neonverlichte avond. Mam aan één kant, pap aan de andere. Een deur uit, de straat op. Een gemaskerde figuur. Schoten. Snijdende pijn. Een val in het donker.

De nachtmerrie bleef zich herhalen.

Maddie voelde een hand op haar schouder. Ze werd door elkaar geschud.

Met een kreet schoot ze wakker. Even was ze gedesoriënteerd. Een onbekend gezicht boog zich over haar heen.

Vanuit de vreselijke droom kwam ze met een klap in de even akelige werkelijkheid terecht.

'Grace! Wakker worden!' Het was Celia. Ze klonk opgejaagd.

Maddie wreef in haar ogen en probeerde haar blik scherp te stellen. Ze staarde de vrouw aan.

'Schiet op, wakker worden!' zei Celia. Er zat een scherpe ondertoon in haar stem die Maddie nog niet eerder had gehoord. 'Opstaan jij!'

Maddie kon zich amper herinneren dat ze zich had uitgekleed. Op de een of andere manier had ze zich uit de gescheurde jurk weten te wurmen, ergens tussen middernacht en zonsopgang. In Graces koffer had ze een T-shirt en joggingbroek gevonden om als pyjama te dragen.

'Wat is er?' Ze had moeite om goed wakker te worden.

'Hoe goed ken jij Henry precies?' vroeg Celia.

Op slag was de dufheid verdwenen. 'Hoezo? Wat is er met hem gebeurd?'

'Niets,' antwoordde Celia bits. Ze trok de lakens van Maddie af. 'Luister, Grace. Als jij en Henry onder één hoedje spelen, dan zou ik het maar meteen opbiechten. Het heeft geen zin om tegen ons te liegen. We weten alles al van Henry. Het hele verhaal is eruit gekomen.' Ze klemde haar hand om Maddies pols. 'Nou, vertel op. Dan beloof ik dat je niks zal overkomen, of hem. Op mijn erewoord.'

Maddies hoofd tolde. Wat was er aan de hand? Wat hadden ze ontdekt? Als ze Alex hadden ontmaskerd, waarom noemde Celia hem dan nog steeds Henry?

'Ik weet niet waar je heen wilt.' Maddie trok haar arm uit Celia's greep. 'Wat heeft hij gedaan?'

'Hou maar op met toneelspelen, Grace,' zei Celia. 'We hebben het draadje gevonden.'

'Wat voor draadje?' Maddies geschokte blik kwam heel geloofwaardig over. Ze wás ook geschokt, op zijn zachtst gezegd, maar ze moest doen alsof ze van niets wist.

'Henry had een korteafstandszender onder zijn shirt,' zei Celia. Haar blik verhardde. 'Met wie stond hij in contact, Grace? Ik vraag het je nog vriendelijk.' Haar stem kreeg een sinistere klank. 'Als Richard erbij moet komen, laat hij Jeff Clay op je los.'

Maddie wierp haar een nijdige blik toe. 'Waarom vraag je dat aan mij? Je zegt net zelf dat Henry alles al heeft verteld.' Ze wist dat ze dit feilloos moest spelen. Eén verkeerd woord en de hel zou losbarsten.

'We willen van jou weten of zijn verhaal klopt,' zei Celia. Haar stem was weer wat kalmer. 'Vertel me nou maar gewoon jouw versie.'

Maddie ging overeind zitten. 'Mijn versie,' zei ze nors, 'is dat ik geen idee heb waar dit over gaat. Zou je me nu met rust kunnen laten, zodat ik me kan wassen en aankleden?' Ze kwam het bed uit en bleef Celia uitdagend aan staan kijken.

Op dat moment werd de deur opengedaan. Bryson stapte de drempel over.

Celia keek hem aan. 'Helaas. Ik heb mijn best gedaan.'

Bryson knikte en richtte zijn blik op Maddie. 'Jammer. Dan moet ik zo nog maar eens met je vriendje in discussie.' Hij gniffelde.

'Ken je de uitdrukking 'met het mes op tafel', Grace?'

Maddie begreep waar Bryson op doelde. Hij zou de waarheid desnoods met geweld uit Alex trekken.

'Jij bent de enige die hem nog kunt behoeden voor een heel onprettig gesprek,' ging Bryson gladjes verder. 'Heb je dat voor hem over, Grace? Wil je mij vertellen waarom Henry een zender droeg en met wie hij in contact stond?'

Voordat Maddie kon antwoorden, werd er beneden een deur dichtgeslagen. De buitendeur. Er klonken zware voetstappen. Een diepe stem riep naar boven.

'Richard!' Het was Jeff Clay. 'Ik heb het gevonden! Het was een wit busje dat aan de overkant geparkeerd stond.'

Er verscheen een grijns op Richard Brysons gezicht. 'Nou,' zei hij tegen Maddie, zo te horen heb ik je hulp niet meer nodig.' Hij draaide zich om en verdween de gang op.

Maddies adem stokte.

Ze hadden Danny te pakken.

Nu waren ze alle drie aan de genade van Richard Bryson overgeleverd.

06.23 uur

De achterportieren hingen scheef in hun scharnieren. Er zaten krassen en deuken rond de deurkruk: er was een koevoet gebruikt om de bus open te krijgen. De gevoelige elektronische instrumenten lagen aan diggelen op de vloer, de kabels waren losgerukt. Alles was onherstelbaar beschadigd.

Het mobieltje lag op de voorbank. Compleet vermorzeld.

Jeff Clay had geen halve maatregelen getroffen.

120

HOOFDSTUK 15

'Zo, jij hebt trek.' De winkelier glimlachte terwijl hij de plastic tas vulde.

'Ik moet er nog van groeien,' zei Danny. Hij pakte nog een zak M&M's en schoof die over de toonbank, gevolgd door twee Mars-repen, een Kit Kat en een koker Pringles.

Trek was wat zacht uitgedrukt. Danny was uitgehongerd. 'U gaat al vroeg open,' merkte hij op.

'Ja, voor de kranten,' legde de winkelier uit. 'Die worden om half-zes gebracht.'

Danny rekende af. Hij had al een halve sandwich verorberd voor-dat hij de winkel uit was.

De honger en dorst hadden hem uiteindelijk naar buiten gedre-ven. Het was puur geluk geweest dat hij binnen een paar honderd meter een buurtwinkeltje had gevonden dat al open was.

Hij maakte een pakje drinkyoghurt open en klokte dat in één lange teug naar binnen.

Op zijn horloge was het bijna halfzeven. Nog een paar minuten en hij kon PIC bellen. Zijn collega's zouden een overvaleenheid op de been brengen. Maddie en Alex zouden worden gered. De ellen-de zou voorbij zijn, afgezien van de onvermijdelijke rapportage aan de hoofdinspecteur.

Daar keek Danny niet bepaald naar uit.

In gedachten hoorde hij Coopers bijtende stem al. 'Jullie gaan op eigen gezag achter een bende criminelen aan, en alsof dat al niet erg genoeg is, betrek je mijn dóchter erbij? Leg je de werking van je gestoorde hersenen liever uit vóór- of nádat ik je vertel wat de disciplinaire maatregelen zijn?'

Ai. Dat werd geen prettig gesprek.

Terwijl hij Addison Road naderde, nam zijn waakzaamheid weer toe. Misschien waren er inmiddels mensen wakker geworden in de villa. Hij wilde niet rechtstreeks in de val lopen.

Met zijn tanden scheurde hij het zakje M&M's open.

Hij loerde om de hoek.

'O nee!'

De kleurige snoepjes vielen op het trottoir en rolden langs zijn voeten.

De achterdeuren van de bus stonden wijd open. Het interieur zag eruit alsof iemand met een moker tekeer was gegaan.

Er liep een rilling over zijn rug.

Als hij er niet tussenuit was geknepen om iets te eten te halen, zou hij zelf ook aan gruzelementen hebben gelegen.

Hij reikte naar zijn mobieltje.

'Hè?' Het zat niet aan zijn riem. Hij had het in de bus laten liggen, besefte hij tot zijn schrik.

Toen drong een nog angstiger gedachte zich op. Waarom waren ze eigenlijk naar de bus toe gekomen? Ze moesten iets hebben ontdekt. Het verklikkertje. Of Alex' zender. Hoe dan ook, als hij niet snel iets ondernam, waren Alex en Maddie er geweest.

Wat nu? Hij kon niet zomaar aanbellen en eisen om binnengelaten te worden.

Met wild bonzend hart trok hij zich terug om de hoek.

Hoe moest hij in vredesnaam dat huis in komen?

Op dat moment kwam er een busje de straat in rijden, felrood, met het logo van de posterijen erop.

Danny's ogen lichtten op. Een geschenk uit de hemel.

Hij liet de zak met eten vallen. Zijn honger en dorst waren op slag verdwenen.

Hij stapte de weg op en stak zijn hand omhoog.

De bestuurder toeterde en gebaarde dat hij opzij moest.

Danny bleef staan.

De bus kwam 10 centimeter voor zijn voeten tot stilstand.

Danny liep naar de bestuurderskant.

'Ben jij niet helemaal fris?' riep de bestuurder. 'Dat wordt je dood nog, zulke geintjes.'

'Dat zou best eens kunnen,' zei Danny, terwijl hij zijn PIC-pasje opviste en het voor de neus van de man hield. 'Maar met uw hulp kan ik dat misschien nog even voorkomen.'

Alex bevond zich in een kamer die tot kantoor was getransformeerd. De ruimte was spaarzaam ingericht, met zwarte meubels, roestvrij staal en blank hout. De vloerplanken waren gebeitst. Er stond een lange werkbank vol elektronische apparatuur. Zoemende computers, flikkerende beeldschermen. Een van de wanden ging volledig schuil achter metalen dossierkasten.

Alex zat in een draaistoel. Zijn polsen, enkels en bovenlijf waren er met breed grijs plakband aan vastgebonden.

Bryson zat tegenover hem op een bureau, zijn voeten op een andere stoel. Hij nam Alex met toegeknepen, roofdierachtige ogen op. Clay stond bij de deur, een twee meter lange, dreigende vleesklomp. Zijn blik was dof, alsof zijn ogen uit stonden. Hij wachtte op instructies.

'Goed Henry, we kunnen dit op twee manieren aanpakken,' zei Bryson lijzig tegen Alex. 'Of we nemen de snelweg: jij vertelt me gewoon wat ik wil weten. Of we pakken de toeristische route: ik laat Jeff even met je rollebollen en pas daarna vertel je me wat ik wil weten.' Hij grijnsde. 'Mij maakt het niet uit. Je zegt het maar.'

Veel gelegenheid om na te denken had Alex niet gehad. De gebeurtenissen volgden elkaar steeds sneller op. Hij wist dat ze het busje hadden gevonden, maar over Danny had niemand iets gezegd. Wellicht liep hij nog vrij rond. Wellicht was er hulp onderweg. Tijdrekken, dat was het enige wat hij kon doen.

'Ik moest hem dragen van O'Connor, die zender,' verzon hij.

Bryson fronste. 'Verklaar je nader, Henry.' Hij haalde een slanke vijl uit zijn binnenzak en begon zijn al onberispelijke nagels schoon te maken. Zijn hoofd was voorovergebogen, zijn blik geconcentreerd op zijn handen. 'Neem gerust de tijd,' zei hij. 'Zolang je maar binnen drie tellen begint. Daarna vraag ik Jeff je hoofd eraf te schroeven en er een potje mee te voetballen.'

Alex huiverde bij het horen van de zachtaardige toon in Brysons stem. Die maakte het dreigement des te angstaanjagender.

'Het is allemaal op poten gezet door Patrick O'Connor,' zei Alex. 'Hij heeft me contact met jou laten opnemen, en geregeld dat Grace en ik hierheen vlogen met de diamanten.' Hij verhief zijn stem. 'Het was een proef, Richard. O'Connor wilde jullie op de proef stellen, en jullie zijn zwaar tekortgeschoten.'

'Hoezo?' vroeg Bryson zachtjes.

'O'Connor wil graag weten wat voor vlees hij in de kuip heeft voordat hij een overeenkomst sluit. Wat zijn zakenpartners drijft, hoe hun mentaliteit is, waar hun zwakke punten zitten. Ik heb aldoor met hem in contact gestaan, hij weet precies wat er is gebeurd. En hij is er niet bepaald over te spreken, Richard. Hij heeft niet graag dat mensen zijn familie lastigvallen.'

Bryson hief zijn hoofd op. Zijn ogen stonden achterdochtig. 'Wil je soms zeggen dat hij zijn dochter als lokaas heeft ingezet?'

'Ja, zo zou je het kunnen verwoorden.'

Onder Richard Brysons rechteroog trok een spiertje. Het was het enige teken van de twijfel die Alex' woorden bij hem hadden opgeroepen.

De deur ging open en Celia stak haar hoofd naar binnen. 'Sorry dat ik stoor, Richard, maar ik heb net gehoord dat Eddie Stone over vijf minuten hier is.'

Bryson reageerde niet. Celia nam hem even onderzoekend op. Toen stapte ze de gang weer op en trok de deur achter zich dicht.

'Richard?' Jeff Clays stem had de kracht van een aardbeving. 'Wat wil je dat ik doe?'

Bryson wierp hem een blik toe. 'Dat je de waarheid uit hem slaat,' antwoordde hij. 'Hij liegt dat hij barst. O'Connor zou zijn dochter nooit als lokaas gebruiken. Er is iets anders aan de hand en ik wil precies weten wat.'

'O'Connor knijpt je dood als een luis,' zei Alex dreigend tegen Bryson. Hij keek naar Clay. 'Je baas hier heeft het verpest,' zei hij. 'Gebruik je verstand, Jeff, kies eieren voor je geld nu het nog kan.'

Tijdrekken. Bidden om hulp.

Een vaag, ritmisch gebonk zweefde de kamer in.

Richard Bryson liet zich van het bureau glijden en liep naar het raam.

In de bleekblauwe lucht werd een zwart stipje zichtbaar.

Een helikopter. Vanuit het oosten.

Richard keerde zich naar Alex toe en priemde met zijn wijsvinger zijn kant op. 'Weet je wat ik ineens bedenk? Het maakt niet uit of O'Connor dit heeft opgezet of niet. Wij zijn hoe dan ook in het voordeel. We hebben zijn dochter.' Zijn uitdrukking verhardde. 'En als hij niet meewerkt, krijgt hij haar in hapklare brokken terug!'

Hij marcheerde de kamer uit en smeet de deur achter zich dicht.

Alex keek naar Jeff Clay.

De potige lijfwacht stond uit het raam naar de naderende helikopter te staren, als een trouwe waakhond die zijn baas verwelkomt.

Maddie zat opgesloten. Ze wist zeker dat Alex het zwaar te verduren had met Bryson en die kleerkast van een Jeff Clay, maar ze kon niets uitrichten. Ze was doodsbang voetstappen voor haar deur te horen. Het slot open te horen gaan. De afschuwelijke grijns op Brysons gezicht te zien, een grijns die betekende dat de waarheid eindelijk uit Alex was geslagen.

En dan?

Een geluid lokte Maddie naar het raam. Een zwaar geronk in de verte. Een motor. Rotorbladen.

De helikopter hing als een zwarte traan in de heldere lucht. De machine kwam snel dichterbij. De boomtoppen zwiepten opzij. Het toestel bleef een paar tellen boven de tuin zweven en begon toen af te dalen. De motor brulde. De struiken werden achterover geblazen, de grasprieten lagen plat tegen de grond. Alle ruiten in de villa trilden.

Eddie Stone kwam eraan.

Maddie drukte haar handen tegen het glas. Door haar adem besloeg het raam. Haar hart bonkte.

De helikopter kwam tot stilstand en de motor werd uitgezet. Geleidelijk begonnen de rotorbladen minder hard te draaien.

Er ging een deur open en een lange, slanke man stapte uit. Zijn zwarte jas reikte tot zijn enkels, en hij droeg een zwart leren koffertje. Hij sprak in een mobieltje. Zijn donkere haar werd door de luchtstroom omhoog geblazen. Zonder te bukken voor de rotorbladen beende hij met grote passen het gazon over. Eddie Stone. Vanuit haar raam sloeg Maddie hem gade. Hij was jong. Knap. Succesvol. Zelfverzekerd. Maddie beet op haar lip. Zijn vader had haar ouders laten neerschieten.

Het was vreemd om hem te zien. Akelig. Eng.

Een bekend figuur kwam het huis uit en liep hem tegemoet. Richard Bryson. De mannen spraken kort met elkaar. Zelfs zonder geluid en van deze afstand was het duidelijk wie de baas was.

Kort daarop stapte Eddie Stone langs Bryson het huis in, uit het zicht.

Maddie draaide zich om. Ze stond te trillen op haar benen. Ze drukte haar rug tegen het raam en staarde met grote angstogen naar de deur.

Bevroren als een konijntje dat op de snelweg de dodelijke koplampen op zich af ziet komen, wachtte ze tot haar nachtmerrie werkelijkheid werd.

HOOFDSTUK 16

Eddie Stone kwam het kantoor binnen, op de voet gevolgd door Richard Bryson.

Met één blik schatte Eddie de situatie in. Jeff Clay die bij het raam stond. De man die aan de stoel was vastgebonden. Een vreemdeling. Jong. Knap. Stevig gebouwd. Met kringen onder zijn ogen en een woeste blik.

'Eddie.' Clays stem was een laag gerommel.

'Jeff.' Eddie Stone knikte hem toe. Hij draaide zich langzaam om en liet zijn scherpe blauwe ogen over Richard Brysons gezicht glijden. 'Wie is dit?'

Bryson glimlachte gespannen. 'Hij is de verrassing waar ik het over had,' antwoordde hij. 'Hij en het meisje.' Hij pauzeerde, likte zijn lippen. 'Ik heb een hoop werk verzet, Eddie. Je zult onder de indruk zijn.'

'Dat beoordeel ik zelf wel,' zei Eddie Stone koel. 'Wat heb je precies gedaan? En hou het kort, Richard, ik heb nog meer te doen. Vertel me alleen maar even waarom er een vastgebonden vent in mijn kantoor zit, die me zo chagrijnig aankijkt. Ben je niet goed wijs, vreemde mensen hier mee naartoe brengen? Wat heb je in 's hemelsnaam uitgevreten?'

Bryson stapte om Eddie heen en grijnsde. 'Dit is Henry Dean, maar hij is niet zozeer de verrassing, Eddie. Zijn vriendin is de verrassing, Grace.'

Eddie Stone staarde hem aan. Hij stak een lange, slanke arm uit en greep Bryson bij zijn schouder. Brysons gezicht vertrok van pijn. 'Sta niet zo te wauwelen, Richard. Ik heb een zware nacht achter de rug. Ik heb geen tijd voor raadseltjes.'

'Ik heb Grace O'Connor ontvoerd,' zei Bryson trots. 'Ze is hier. Boven. Nu zal O'Connor wel met onze voorwaarden akkoord moeten gaan.' Zijn gezicht stond vol enthousiasme. 'Ik heb het voor je geregeld, Eddie. We krijgen het precies zoals we het willen hebben.'

Eddie Stone trok wit weg. 'Dit meen je niet,' zei hij bijna geluidloos. 'Je maakt een grapje, hè?'

Brysons glimlach vervaagde. 'Nee nee, het is echt waar,' zei hij. 'Wat er is?'

Opnieuw klauwden Eddies vingers in Brysons schouder. 'Ik het zojuist tien uur lang met Patrick O'Connors mensen zitten onderhandelen,' siste hij. 'We zijn de hele nacht bezig geweest. Alles is rond.' Zijn stem steeg. 'Iedereen is dik tevreden, Richard. Alles is in kannen en kruiken. Ik heb Patrick O'Connor zelf net aan de telefoon gehad. En weet je wat hij zei, Richard? Hij zei: "Ik ben blij dat ik eindelijk iemand heb gevonden die ik kan vertrouwen."'

Hij hief zijn andere hand op en tikte lichtjes op Brysons wang, op de maat van zijn woorden. 'Jij ach-ter-lij-ke, be-moei-zuch-ti-ge im-be-ciel. Als O'Connor de boel afblaast om deze stunt, dan vermoord ik je. Met mijn blote handen.'

Alle kleur verdween uit Brysons gezicht. Hij wist dat het geen loos dreigement was.

Eddie liet hem los. Hij richtte zich tot Jeff Clay en wees naar Alex. 'Maak hem los.' Met grote stappen liep hij naar de openstaande deur, waar hij over zijn schouder nog even naar Bryson keek. 'Waar is ze?'

'Tweede verdieping. Derde slaapkamer.'

Eddie Stone stak zijn arm omhoog en krulde zijn vingers tot een klauw. 'Het is einde oefening voor jou, Richard. Jeff, hou hem in de gaten, hij blijft hier. Ik ben nog niet klaar met hem.'

Op de gang pauzeerde Eddie even. Hij leunde met zijn hand tegen de muur en kneep zijn ogen dicht. Hij ademde een paar keer diep in en uit om tot bedaren te komen. Hij moest zijn razernij proberen te bedwingen. Zijn hoofd koel houden en redden wat er te redden viel.

Om O'Connor te paaien zou hij Richard uit de weg moeten ruimen, maar dat was een klein offer. Zulke figuren kon hij toch niet om zich heen gebruiken.

Eddie Stone veerde met twee treden tegelijk de trap op. Zijn lange jas wapperde achter hem aan. Hopelijk had Grace O'Connor een vergevingsgezind karakter.

Richard Bryson was niet van gisteren. In Eddies dreigende, ijsblauwe ogen had hij zijn toekomst zien opdoemen. Een toekomst onder een grafsteen.

Jeff Clay was bezig het plakband van Alex' polsen te halen.

Alex had geen idee waar deze wending toe zou leiden, maar in elk geval zou hij zo zelf zijn handen vrij hebben. Jeff Clay was absoluut reusachtig, maar grootte zei zeker niet alles. Alex beheerste technieken waarmee hij hem als een takje kon laten knappen.

Terwijl Clay bukte om het band van Alex' enkels te halen, zag Alex over zijn gebogen rug heen dat Bryson naar het bureau schoot. Het zwarte koffertje lag erop.

Alex herinnerde zich het wapen.

Bryson klikte het slot open en lichtte het deksel op. Alex zag de wanhoop op zijn gezicht.

Richard Brysons dagen waren geteld. Tenzij hij hier weg kon komen voordat Jeff Clay hem te grazen nam. Dat was zijn enige hoop op overleven.

Bryson trok het wapen uit de zijden hoes. Hij richtte op Clays rug. Zijn hand trilde.

Alex keek toe. Hij spande zijn spieren aan, bereidde zich voor. Hij was bijna los. Bijna in staat te bewegen. Nog een paar lussen en dan zou hij Clay met twee voeten tegelijk vol in het gezicht trappen. Het enige wat hij dan nog hoefde te doen, was Bryson uitschakelen. Bryson, die het wapen in zijn hand had.

Er klonk een scherp, hoog geluid. De deurbel.

Jeff Clay stond op en keek naar de deur. Hij had niet eens gemerkt dat Bryson het wapen op hem richtte.

In de onheilspellende stilte die volgde, hoorden ze allemaal de felle tikjes van Celia's hakken in de marmeren gang.

Het huis op Addison Road had een vroege bezoeker.

06.47

Er kwam een felrode bus van de posterijen vanaf Addison Road de hoek om rijden. De wagen kwam tot stiltand voor het grote witte hoekhuis.

De bestuurder pakte een klembord, schoof het portier open en stapte uit. Hij keek omhoog en liet zijn blik over de ramen glijden. Zijn blauwe uniformjasje rechttrekkend liep hij vlug de stenen treden naar de voordeur op.

Hij belde aan.

Vanbinnen klonk het getik van hoge hakjes.

De deur werd geopend door een aantrekkelijke, chic geklede vrouw.

'Aangetekend stuk,' zei de postbezorger. 'Ik heb een krabbeltje nodig.' Hij schonk de vrouw een brede glimlach. 'Het wordt een mooie dag zo te zien.' Dat was wat een rasechte Brit deed, wist Danny inmiddels: altijd over het weer praten.

De vrouw wierp hem een kort, messcherp glimlachje toe.

'Geef maar,' zei ze en ze stak haar hand uit naar het klembord.

'Eh... het pakketje is voor ene meneer E. Stone,' zei Danny. 'Hij moet persoonlijk tekenen.'

'Ik ben zijn privéassistente,' zei de vrouw. 'Ik teken altijd voor hem.'

Danny trok het klembord terug. 'Sorry. Hier staat dat meneer Stone zelf moet tekenen.' Hij glimlachte onzeker. 'Dit is mijn eerste dag, ik mag geen fouten maken. Hé, weet u wat, als u kunt aantonen wie u bent, met een rijbewijs of zo, dan laat ik u voor hem tekenen. Is dat een idee?'

'Belachelijk,' mopperde Celia Thomson. 'Dit heb ik nooit eerder meegemaakt.'

'Ik doe ook maar mijn werk,' zei Danny. 'Sorry, hoor.'

Celia zuchtte geërgerd. 'Wacht hier even.' Ze draaide zich om en klikte de gang weer door.

Danny glipte achter haar aan naar binnen.

Ze hoorde hem en draaide zich naar hem toe. 'Ik zei toch...'

Danny dook op haar af.

Het Plan: Hand over haar mond leggen. Armen tegen haar zij drukken. Haar door de eerste de beste deur duwen. Slot omdraaien. Alex en Maddie zoeken.

De Werkelijkheid: Celia beet in zijn hand en beukte met haar vuisten op hem in. Hij liet los en kreeg een trap tegen zijn scheen, waardoor hij achteruit wankelde. Hij viel. Ze gaf hem nog een schop en sprong toen over hem heen, op weg naar een andere deur. Schreeuwend om hulp.

Danny kon nog net haar enkel vastgrijpen. Ze struikelde en viel opzij. Ze kwam met haar hoofd tegen een lage tafel terecht. Het gekrijs hield abrupt op. Danny krabbelde overeind. Celia Thomson lag op haar buik op de vloer. Bewegingloos. Hij bukte en controleerde vlug of ze nog ademde. Ze was bewusteloos, maar niet ernstig gewond. Al zou ze er vast flinke hoofdpijn aan overhouden.

Danny's ogen vernauwden zich terwijl hij overeind ging staan. Haar kreten moesten door het hele huis te horen zijn geweest. Hij spitste zijn oren en wachtte of er iets zou gebeuren.

Lang duurde het niet.

De deur waar de vrouw heen had willen rennen, vloog open.

Er verscheen een man in de deuropening. Een man met het postuur van een bizon.

Kleine, priemende ogen fixeerden zich op Danny.

De bizon kwam op hem af.

Danny deinsde achteruit tot hij met zijn rug tegen de muur stond. Hij zakte half door zijn knieën en nam een karatehouding aan. Hij keek de man strak aan in een poging dreigend over te komen.

Glimlachend schudde Jeff Clay zijn hoofd. Om zich vervolgens als een lawine boven op Danny te storten.

Celia's gegil had als een brandalarm door het huis geschald.

Jeff Clay had over zijn schouder gekeken. Hij was rechtop gaan staan, had zijn voorhoofd gefronst, zijn handen tot vuisten gebald en was naar de deur gestommeld.

Bryson was verbouwereerd blijven staan. Zijn wapen op niets

gericht. Zijn andere hand om het deksel van het koffertje ge-klemd. Zijn knokkels wit.

Alleen Alex had een vaag vermoeden van wat daar buiten ge-beurde. Eindelijk. Er was een eenheid van PIC gearriveerd. Ze zou-den gered worden. Hij had iets subtielers verwacht, maar een frontale aanval was beter dan niets.

Alex' blik schoot naar het plafond. Daar boven zat Maddie, opge-sloten in een kamer op de tweede verdieping, in haar eentje. Of er-ger nog, met Eddie Stone. Wat zou Eddie doen als hij het kabaal hoorde?

Hij sprong uit de stoel en negeerde zijn pijnlijke ledematen. Hij dook over het bureau heen op Richard Bryson af.

Bryson schoot achteruit. Er verscheen een wrede glans in zijn ogen. Hij richtte het wapen en haalde de trekker over.

HOOFDSTUK 17

Maddie hoorde de sleutel in het slot omdraaien. Ze stond verstijfd van angst met haar rug tegen het raam gedrukt. Paraat om te vechten voor haar leven.

Eddie Stone stapte de kamer binnen.

Maddie hapte naar lucht.

Eddie kwam op haar af, zijn armen gespreid, zijn handen geopend. Een verzoenend gebaar. 'Grace,' begon hij met een verontschuldigende glimlach op zijn gezicht. 'Wat een afschuwelijke toestand. Hoe kan ik dit ooit aan je uitleggen? Geloof me, het is allemaal buiten mij om gegaan. Bryson heeft op eigen houtje gehandeld.' Hij tikte met zijn wijsvinger op zijn voorhoofd. 'Er zit een steekje los bij die vent, Grace. We zullen hem ervoor laten boeten, dat verzeker....'

Maddie stond met haar rug naar het buitenlicht. Haar gezicht was in schaduwen gehuld. Pas toen Eddie een meter bij haar vandaan was, kon hij haar goed zien.

Halverwege een stap bleef hij staan, halverwege een zin. Zijn ogen werden groot. Maddie fronste. Wat was er?

Langzaam verscheen er een blik van herkenning op Eddie Stones gezicht. 'Madeleine Cooper,' fluisterde hij. 'Allemachtig! Madeleine Cooper!' Hij staarde haar aan. 'Wat heeft die idioot van een Bryson in vredesnaam gedaan?'

Maddie probeerde haar stem beheerst te laten klinken. 'Eddie Stone, ik hou je aan wegens ontvoering,' zei ze. 'Geef je over. Het hele pand is omsingeld door de politie.'

Met één sprong was Eddie bij haar. Maddie stak verdedigend haar armen voor zich uit. Maar Eddie was niet in haar geïnteresseerd. Hij duwde haar bij het raam weg en tuurde naar buiten.

'Je kunt niet ontkomen,' zei Maddie.

'Bryson, jij imbeciel, wat heb je me aangedaan?' Eddie Stones ogen fonkelden als ijskristallen, terwijl hij een teken van de omsingeling zocht waarvoor Maddie hem had gewaarschuwd. De helikopter stond op het gazon, de rotorbladen stonden stil. De piloot stond tegen de romp geleund onbezorgd een sigaretje te roken. Op zijn dooie gemak.

Het klopte niet. Waar was de politie?

Van beneden klonk ineens een snoeiharde vrouwenkreet.

Eddie keerde zich met een ruk om. Hij greep Maddie bij haar pols en sleurde haar naar de deur. Verlamd van angst liet Maddie zich meetrekken.

Welke ramp Bryson met zijn stommiteit ook over hem had afgeroepen, Eddie Stone zou zich niet zomaar gewonnen geven. Als de politie hem kwam halen, moesten ze via hoofdinspecteur Coopers dochter bij hem zien te komen.

Op dat moment klonk het schot uit Richard Brysons wapen.

'Hè hè, dat werd tijd.' Vanuit de deuropening van het kantoor keek Alex van Jeff Clay, die als een gevelde boom plat voorover op de grond lag, naar Danny, die zijn beurse hand stond te masseren.

Danny keek op. 'Ik ben zo snel mogelijk gekomen,' zei hij. 'Waarom heeft niemand me ooit verteld dat het zo'n pijn doet als je iemand écht een karateslag geeft? Ik had mijn hand wel kunnen breken.' Zijn ogen stonden onrustig. 'Ik hoorde net een schot.'

'Ja, dat was Bryson, maar hij schoot mis,' zei Alex. 'Ik heb hem voorlopig uitgeschakeld.'

'Waar is Maddie?'

'Boven. En Eddie Stone ook.'

'Kom op dan!'

'Wacht!' Alex schoot het kantoor weer in. Danny volgde hem. Richard Bryson lag opgekruld in een hoek. Bewusteloos. Het wapen lag op de vloer. Alex bukte zich en raapte het op. Hij haalde de kogelhouder eruit en gooide die achter een dossierkast.

'Hoe doe je dat, een gewapende tegenstander zo tegen de vlakte krijgen?' vroeg Danny vol ontzag.

'Veel oefenen.'

Danny liet zijn blik over de elektronica in de ruimte glijden. 'Aha, hier staan de snufjes die mijn zender blokkeerden,' merkte hij op. 'Geen kinderachtig spul.'

'Volgens mij bewaren ze hier alles wat geheim moet blijven,' zei Alex. Hij wees naar de archiefkasten. 'Ik wou dat we tijd hadden om die dossiers door te spitten.' Hij stak het lege wapen in zijn zak. 'Kom op, we gaan Maddie halen.' Ze renden de trap op.

Halverwege de tweede verdieping bracht een schreeuw hen tot stilstand. 'Staan blijven!'

De stem kwam van boven.

Maddie en Eddie Stone stonden boven aan de trap. Eddie hield zijn arm om Maddies nek geklemd, klaar om zonodig haar keel dicht te knijpen. Maddie zag er bang maar beheerst uit.

'Laat haar los!' riep Alex naar boven.

Eddie negeerde hem. 'Jeff!' bulderde hij. 'Jeff!'

'Aan Jeff heb je niet veel meer,' zei Danny.

'Wie is er neergeschoten?' vroeg Eddie Stone. Zijn stem klonk haast onverschillig.

Alleen Maddie was zich bewust van de spanning in zijn lichaam.

'Niemand,' antwoordde Alex.

'Jammer,' zei Eddie. 'Je had me een grote dienst kunnen bewijzen door Bryson een kogel door z'n kop te jagen.'

'Laat haar los!' riep Alex opnieuw.

'Nee, ik hou haar nog eventjes bij me,' zei Eddie. 'Zij helpt me hier weg te komen.' Zijn gezicht was vlak bij het hare. Zijn adem streek over haar wang. 'Hè, Madeleine?'

Danny en Alex keken elkaar vluchtig aan. Hij wist wie Maddie was. Niet dat het er nog veel toe deed. Het was erop of eronder. Voor smoesjes was geen tijd meer.

'We zijn van de politie,' zei Alex. 'Laat haar los en ga opzij.'

Eddie Stones gegrinnik deed Maddie huiveren.

'Wil je iets voor me doen?' riep hij naar beneden.

'Wat?' vroeg Danny.

'Vertel Bryson dat hij nog niet van me af is.' Daarmee verdween hij de overloop op, Maddie met zich mee trekkend. 'Als iemand me achterna komt, is ze er geweest!' riep hij nog over zijn schouder.

Met zijn hand in haar nek geklemd duwde hij haar een gang door. 'Eigenlijk,' zei hij, 'is dit niet mijn stijl van zakendoen. Maar je ziet zelf dat ik ertoe word gedwongen.' Hij nam haar op. Zijn ogen fonkelden. 'Die twee gasten, zijn die gewapend?'

'Ja,' antwoordde Maddie iets te snel.

'Liegen gaat je niet al te best af, Maddie.'

'Je kunt toch niet ontsnappen. Het huis is omsingeld.'

'Dat zei je net ook al,' zei Eddie. 'Maar volgens mij vergis je je. Ik weet hoe de politie te werk gaat. Ze komen met drommen tegelijk binnenvallen. Het huis zou onderhand vergeven moeten zijn van de agenten. Waar blijven ze toch, Maddie? Wat is er aan de hand?'

Hij keek haar indringend aan. 'Volgens mij zijn jullie hier maar met zijn drietjes. Klopt dat?'

Zwijgend keek Maddie in zijn kille ogen. Het kostte haar moeite zich los te rukken van zijn blik.

'Ja dus,' constateerde Eddie. 'Zo zo. Wat doet Jack Coopers dochter hier, opgesloten in mijn huis, zich uitgevend voor Grace O'Connor?'

'We zijn hier om jóú op te pakken.'

'O ja?' Eddie lachte. 'Volgens mij is dat wat te hoog gegrepen voor je, Maddie. Ik denk dat je jezelf zwaar hebt overschat.'

Hij duwde haar een soort linnenkamer binnen. Aan de andere kant van de ruimte zat een deur. Eddie schoof de grendels weg. De deur ging krakend open en een roestig zwart balkon werd zichtbaar. Er waaide een guur briesje naar binnen. Een metalen trap zigzagde langs de zijkant van het huis omlaag: een branduitgang die naar de tuin leidde.

De opkomende zon prikte in Maddies ogen, terwijl Eddie haar kletterend over de treden omlaag trok.

Ze liepen de hoek van het huis om.

De helikopter stond als een enorme libel op het gazon te wachten.

Eddies ogen vernauwden zich en zijn greep rond Maddies nek verstrakte. 'Verdomme!' siste hij.

De piloot was verdwenen.

Mike Evans was sinds een half jaar als chauffeur en helikopterpiloot bij Stonecor in dienst. Het was hem al snel duidelijk geworden dat er duistere zaakjes speelden bij het bedrijf. Hij wist van het criminele netwerk dat zich over heel Europa uitstrekte, en dat nu de grote stap over de Atlantische Oceaan wilde maken. Hij verdiende genoeg om er zijn schouders over op te halen. Maar hij verdiende niet genoeg om kogels voor zijn baas op te vangen.

Bij lange na niet.

Eddie Stone wilde niet hebben dat er binnen werd gerookt. Mike Evans had zijn peuk op het gazon uitgetrapt en was op het huis af gelopen in de hoop een kop koffie te kunnen krijgen. Het was een lange nacht geweest. Eddie hield hem nu al twaalf uur achter elkaar stand-by, door die eindeloze onderhandelingen met de Amerikanen.

Op dat moment had hij Celia Thomson horen schreeuwen. Voorovergebukt was hij naar de voorkant van de villa geslopen. Hij had één enkel schot gehoord. Dat was voldoende geweest. Hij was via dezelfde weg teruggetrippeld, naar het eind van de tuin gerend en over de hoge muur geklommen.

Zijn inkomen was hem heel wat waard, maar zijn leven nog meer.

Danny was de eerste die in beweging kwam. Hij sloop de trap op, tegen de wand gedrukt, met zekere maar stille stappen. Hij stak vliegensvlug zijn hoofd om de hoek van de gang. Maddie en Eddie Stone waren verdwenen. Verderop stond een deur open. Danny wenkte Alex.

Op hun tenen liepen ze verder.

Het was een soort opslagruimte. Het daglicht viel door een openstaande deur aan de andere kant naar binnen.

'Een brandtrap!' riep Alex. Hij rende het balkon op. Negen meter onder hem zag hij Maddie en Eddie de tuin in lopen.

Hij keek naar Danny. 'Ze gaan naar de helikopter!'

Eddie Stone ging op de stoel van de piloot zitten. Maddie zat naast hem, op de plek van de copiloot. Vastgesnoerd.

'Wees maar niet bang,' zei Eddie. 'Ik heb een paar lessen gehad.' Met samengeknepen ogen tuurde hij naar de ingewikkelde rijen schakelaars, hendels en wijzers. Toen keek hij met een dierlijke grijns naar Maddie. 'Nou, op hoop van zegen! Zet je schrap, Maddie, dit wordt spannend!'

Hij startte de motor. De helikopter schokte. Boven hen begonnen de rotorbladen langzaam te draaien.

Verlamd van angst klampte Maddie zich aan haar stoel vast. Een klein stemmetje gilde in haar hoofd. Doe iets! Hou hem tegen!

De schaduwen van de schroeven flikkerden sneller en sneller, en ineens waren er helemaal geen schaduwen meer. De rotorbladen vormden een ononderbroken grijze waas.

Er kwamen twee mensen het gazon op rennen. Danny en Alex. Maddie slaakte een kreet van opluchting.

Alex trok een wapen te voorschijn. Hij stond voor de helikopter, zijn benen gespreid, en richtte direct op Eddie Stone.

'Ik waarschuw maar één keer!' riep hij boven het gebrul van de helikopter uit. 'Zet de motor uit of ik schiet!'

Het was pure bluf van Alex, dat wist Danny. Hij had gezien dat Alex het magazijn uit het wapen had getrokken. Hij wist dat er geen kogels in zaten.

Door de voorruit zag hij de hoop op Maddies bleke gezicht oplichten. In Eddie Stones uitdrukking zag hij iets heel anders. Vastberadenheid. Niet de blik van iemand die op het punt stond zich over te geven. De blik van iemand die bereid was over lijken te gaan.

Alex zag Stone de knuppel naar achteren trekken. 'Dit is je laatste kans!' brulde hij.

De luchtstoot van de rotorbladen blies zijn dreigement meteen terug. Eddie Stone trapte er niet in.

De helikopter kwam los van het gras. Hij schudde. De motor gromde. Eddie gaf een licht tikje tegen de knuppel. De helikopter schoot haperend vooruit, recht op Alex en Danny af.

Met een verwilderde glans in zijn ogen richtte Eddie de neus van het toestel op de twee jongens.

Maddie zag Danny bukken, zijn armen beschermend voor zijn gezicht. Maar Alex bleef staan. Hij stond daar als een blok beton, terwijl de helikopter op hem af kwam.

'Nee!' riep Maddie. 'Niet doen!'

Eddie trok de stuurknuppel naar achteren. Ineens schoot de grond onder hen vandaan. De witte achtergevel van de villa schoot voorbij langs de voorruit. Er ging een schok door de romp. De helikopter kiepte opzij. De staart zakte omlaag. Eddie worstelde met de knuppel om de machine weer recht te krijgen.

Maddie kneep haar ogen dicht. De achtergevel van het huis was angstaanjagend dichtbij. Ze voelde haar maag ineenkrimpen.

Stone stootte een droog lachje uit. 'Niks aan de hand!' riep hij boven het motorkabaal uit. 'Voorlopig leven we nog!'

Aarzelend opende Maddie haar ogen. Het enige wat ze zag, was blauwe lucht.

Eddie liet de knuppel vieren en de helikopter maakte een lange, trage bocht. Het zonlicht flakkerde even in haar ogen voordat ze naar links bewogen. Eddie stelde de koers bij en ze vlogen in een rechte lijn zuidwaarts.

HOOFDSTUK 18

Terwijl de helikopter dichterbij kwam, keek Alex recht in Eddie Stones ogen. In een flits besefte hij dat Eddie bereid was zo met het toestel op hem in te rammen. In Alex' pistool zaten geen kogels, al had hij Eddie Stone toch niet kunnen neerschieten zolang Maddie naast hem zat. Op het allerlaatste moment dook hij omlaag en gooide het nutteloze wapen opzij. Hij had gefaald.

De onderkant van het zwarte gevaarte vloog over hem heen. Hij zag een metalen stang. En instinctief, zonder ook maar een idee te hebben van wat hij van plan was, greep hij zich eraan vast.

Terwijl de helikopter opsteeg, werd Alex mee omhoog getrokken. Hij hees zich op en haakte een elleboog over de stang. Toen een knie, een voet. Hij keek omlaag. De grond lag al tien meter onder hem.

Het schoot door hem heen dat dit een volslagen gestoorde onderneming was. Hij zag Danny's gezicht vol ongeloof naar hem omhoogstaren.

De helikopter maakte een slingerbeweging. Alex verstevigde zijn grip. Onder hem cirkelde het gazon. Hij kneep zijn ogen dicht. Toen hij weer keek, zaten ze al op zo'n twintig meter hoogte.

Als hij zijn houvast verloor, zou hij te pletter vallen. Als hij wel volhield, zou hij later onder de landende helikopter vermorzeld worden.

Wat er ook gebeurde, hij zou het niet na kunnen vertellen.

Danny krabbelde overeind en staarde omhoog. Alex bungelde onder de zwarte helikopter. Het was allemaal razendsnel gegaan.

Danny had zichzelf plat op de grond gegooid. Toen hij weer op had gekeken, had hij de buik van de helikopter boven Alex' hoofd zien hangen. Alex had zijn armen uitgestoken en was van de grond losgekomen. 'Alex, niet doen!'

Het was al te laat. Alex had een been over de stang waaraan hij zich vastklampte weten te krijgen. De helikopter draaide en vloog weg over de boomtoppen.

Danny was verbijsterd. Alex en Maddie waren verdwenen. Zijn poging om hen te redden was op een ramp uitgedraaid. Een complete ramp.

De helikopter koerste naar het zuiden. Waar zouden ze heen gaan? De rivier over, Londen uit, Surrey in. Binnen een kwartier kon Eddie overal en nergens zijn. Onvindbaar.

'Nee.' Danny rende terug naar het huis. 'Dat feest gaat niet door. Zo makkelijk komt hij er niet vanaf.'

De tuindeuren waren niet vergrendeld. Danny wierp zich ertegenaan en was binnen. Hij rende naar de voorkant van het huis. De bizon lag nog steeds bewusteloos in de gang. De vrouw stond in het kantoor bij de waterkoeler. Ze hield een natte tissue tegen haar voorhoofd.

De haat droop van haar gezicht.

'Politie,' kondigde Danny aan. 'Je staat onder arrest.'

Celia Thomson keek hem minachtend aan.

De andere man lag nog steeds opgekruld achter het bureau. Zo te zien zou die voorlopig geen last veroorzaken.

Danny sprong in een stoel voor de tafel met elektronica. Hij liet zijn ogen over de apparaten schieten. Probeerde ze te doorgronden. Toen begonnen zijn handen te bewegen, draaiend aan knopjes, trekkend aan stekkertjes. Zodra alle zware bewakings- en stoorsignalen waren gedempt, greep hij een oortelefoontje en toetste een nummer in.

Na twee keer overgaan nam er een vrouw op. 'Police Investigation Command, waarmee kan ik u van dienst zijn?'

'Jackie! Met Danny! We hebben een probleem. Verbind me door, snel!'

'Roland Jakes is er,' zei Jackie Saunders. 'Momentje.'

Roland was een van de sectiechefs. Hij was bevoegd de troepen te mobiliseren. Danny werd slap van opluchting. Nog even en deze hele nachtmerrie zou voorbij zijn.

Hij hoorde de voordeur dichtgaan en wierp een blik over zijn schouder. De vrouw was weg. Hij glimlachte. Een rat die het zinkende schip verliet. Geen enkel punt. Ze zouden haar later zo terugvinden.

Hij keek om zich heen, naar de rij dossierkasten en de planken vol computerschijven.

Als daarin zat wat hij vermoedde, stond het hele Stonecor-imperium op het punt in te storten.

Maddie keek naar beneden. Onder haar schoten de daken en kronkelende straten van Kensington voorbij. Rechts van haar zag ze een flard van het verkeersplein bij Hammersmith. Daarachter liep de M4, die naar Heathrow leidde, de plek waar dit allemaal was begonnen.

Zijdelings nam ze Eddie Stone op. Zijn wenkbrauwen waren gefronst door de inspanning van het besturen. Ze kon moeilijk hoogte van hem krijgen. Hij voldeed niet aan haar beeld van een crimineel. Zo op het oog was hij het type dat je in een trendy restaurant tegenkwam. Het soort man waarmee je misschien wel een avond op stap wilde. Die je met een gerust hart aan je ouders kon voorstellen.

Maddie huiverde. Een warm gezicht met koude ogen. Een soepele lach en een hart van steen.

'Wat zit je me aan te gapen?' vroeg Eddie, zijn stem verheffend boven het lawaai van de motor.

Hij had het gemerkt zonder ook maar naar haar te kijken, besefte Maddie. 'Ik zit me gewoon af te vragen, hoe je in elkaar zit.'

'Hm.'

Er viel een stilte.

'Waar gaan we heen?' vroeg Maddie.

'Dat weet ik nog niet.' Hij keek haar vluchtig aan. 'Ik moest daar in elk geval weg. Ik dacht dat ze minder moeilijk zouden doen als ik jou bij me had. Je hebt mijn plannen behoorlijk in de war geschopt, Maddie Cooper.'

'Mooi zo.'

Geamuseerd nam Eddie haar op. 'Je bent best een grappig kind,' zei hij toen.

'Ik ben geen kind meer. Ik ben van de zomer in één klap volwassen geworden. Toen mijn moeder werd vermoord. Toen mijn vader in een rolstoel belandde.'

'En toen jij een kogel in je linkerheup kreeg,' vulde hij aan, 'waardoor je je balletcarrière op je buik kon schrijven.'

Maddie schrok ervan dat hij van zulke details op de hoogte was.

Hij glimlachte opnieuw. 'Ik volg het nieuws, Maddie. Het verdiende geen schoonheidsprijs, mensen op straat neerschieten. Veel te openbaar. Rommelig. Ouderwets.' Hij schudde zijn hoofd. 'Zo los je je problemen niet op.'

'Hoe had jij het dan gedaan?' vroeg Maddie toonloos.

'Ik?' Eddies ijsblauwe ogen richtten zich op haar. 'Ik had mezelf om te beginnen al niet in zo'n positie gebracht. Het was heel slordig aangepakt.'

Een golf van misselijkheid overspoelde Maddie. 'Jouw vader heeft opdracht gegeven een heel gezin te vermoorden,' zei ze met verstikte stem, 'en jij praat erover alsof het gewoon een slórdigheidsfoutje was?'

Hij stak zijn hand uit en streek even over haar arm. Zijn vingers waren warm. 'Stil maar,' zei hij. 'Diep ademhalen, Maddie. Kalm blijven.'

Het was onwezenlijk naar hem te luisteren. Zijn toon was zo rustig, zo redelijk.

'Ik zal proberen het uit te leggen,' zei hij, terwijl de zwarte helikopter over de drukke straten van Chelsea vloog. 'Bij ons komt het familiebedrijf altijd op de eerste plaats. Elke bedreiging, door wat of wie dan ook, moet worden geëlimineerd. Het is treurig dat het zo heeft moeten lopen, maar zo is het leven nou eenmaal, Maddie. Zo werkt het in dit wereldje. Dat wist je vader ook. Hij wist welk risico hij nam.' Een droevig lachje krulde zijn mondhoeken. 'Het is allemaal een kwestie van oorzaak en gevolg, Maddie. Wie kaatst moet de bal verwachten. En maak je geen illusies, jouw vader en die van mij verschillen niet zoveel. Het zijn allebei doorzetters; ze doen alles wat nodig is om een klus te klaren.'

Maddies mond viel open. 'Wát? Besef je wel wat je zegt? Jouw vader lijkt absoluut niet op die van mij! Hij... júllie bedreigen mensen! Jullie mishandelen mensen!' Haar stem sloeg over. 'Jullie vermóórden mensen!'

'Alleen als het niet anders kan, Maddie,' zei Eddie kalm. 'Alleen als het echt niet anders kan.'

De wind was snijdend koud. Hij knaagde aan Alex' vingers, gesel-
de hem, klauwde naar hem, alsof hij hem van de stang onder de
helikopter af probeerde te rukken. Het gevoel begon uit zijn handen te verdwijnen. Zijn hoofd vulde zich met een razend, brullend
geluid dat hem het denken onmogelijk maakte. Al zijn spieren pro-
testeerden tegen de inspanning.

Misschien was het de dodelijke val wel waard om de pijn in zijn
verkrampte benen en armen te laten ophouden. Hij klemde zijn
kaken op elkaar.

Veel langer zou hij het niet volhouden. Nog een paar minuten en
hij zou er zelf niet meer over hoeven te beslissen. Zijn bevroren
vingers zouden hun grip verliezen. Hij zou te pletter vallen.

De helikopter vloog over de bruine strook van Chelsea Creek. Voor
zich zag Maddie de bocht in de Theems, gekruist door de spoor-
brug bij Battersea Park. Ze zag de pier van de haven, de donkere
kades aan de overkant. Het tij was laag, aan beide zijden glom-
men de modderige kiezeloevers langs de grauwe stroom.

Aan de overkant van de rivier spreidden de zuidwestelijke buitenwijken van Londen zich uit tot aan de wazige blauwe horizon.

'Je kunt je maar beter overgeven,' zei Maddie. 'Je krijgt nergens
meer een voet aan de grond straks. Niemand wil meer met Stonecor in zee wanneer dit allemaal aan het licht komt.'

'Maak je over mij maar geen zorgen,' zei Eddie Stone. 'Ik kom er
wel weer bovenop.' Hij keek haar van opzij aan. 'Vertel eens, Maddie, ik weet dat Richard Bryson bepaald geen hoogvlieger is, maar
hoe heb je hem wijs weten te maken dat jij Grace O'Connor was?
Hoe heb je deze hele operatie uitgedacht?'

Maddie reageerde niet.

Eddie stootte een blaffend lachje uit. 'Aha, je hebt het helemaal niet zelf bedacht!' riep hij uit. 'Je bent er per ongeluk tegenaan gelopen! Bryson was iets aan het bekokstoven met O'Connors dochter, en jullie drieën hadden gewoon dom geluk.'

Eddie Stone was griezelig intelligent, drong tot Maddie door.

'Hoe is het gegaan?' vroeg hij. 'Was het een soort praktijkoefening? Grace O'Connor is natuurlijk op Heathrow geland. Jullie kregen haar bij toeval in de peiling en besloten toe te slaan.' Zijn ogen glansden. 'Tjonge Maddie, je bent me er eentje.'

'Het was allemaal de moeite waard,' mompelde Maddie. 'Wat je ook met me doet, het was de moeite waard. Als de politie de villa straks overhoop haalt, is het afgelopen met je.'

Eddie lachte opnieuw. 'Geloof je het zelf, Maddie? Toegegeven, ik heb wat oponthoud opgelopen, maar dacht je nou echt dat ik zo stom was om alles op één plek te bewaren?' Hij schudde zijn hoofd. 'Nee Maddie, zo eenvoudig ligt het niet. Het is nog lang niet afgelopen met mij, bij lange na niet.'

'Mijn vader zal je opjagen tot hij me terug heeft,' zei Maddie dreigend.

Eddie Stones reactie bezorgde haar koude rillingen.

'Wie zegt dat ik je bij me hou?'

HOOFDSTUK 19

Maddies hart hamerde in haar borst. 'Ga... ga je me soms vermoorden?'

Eddie Stone trok een gekwetst gezicht. 'Hoe kom je daar nou bij, Maddie?' Hij keek haar glimlachend aan. Een soepele lach en een hart van steen. 'Natuurlijk ga ik je niet vermoorden.'

In zijn kille ogen las Maddie dat hij loog.

De helikopter vloog inmiddels boven de Theems.

Maddie had twee keuzes: zich erbij neerleggen of zich verzetten. Maar wat kon ze beginnen? Eddie bestuurde de helikopter. Als ze hem aanviel, zou ze zichzelf ook in levensgevaar brengen. Tenzij ze eruit kon springen terwijl ze boven het water vlogen.

Ze stak haar hand uit naar de deur.

'Centrale vergrendeling, Maddie,' zei Eddie kalm. 'Je krijgt hem vanaf daar niet open. Helaas.'

Een redeloos soort wanhoop maakte zich van haar meester. Heel even kon het haar niet schelen wat haar overkwam, als ze die stem maar niet meer hoefde te horen. In één vloeiende beweging schoof ze onderuit in haar stoel, trok haar benen op en joeg haar hakken tegen het dashboard.

Eddie schreeuwde een waarschuwing toen Maddies hielen het bedieningspaneel van de helikopter verbrijzelden. Maar hij was te laat. Het kwaad was al geschied.

Op het paneel zat een rood schakelaartje, waarmee de brandstoftoevoer naar de turbinestraalmotor kon worden afgesloten. De hak van Maddies rechtervoet kwam pal op dat schakelaartje terecht, het schoof omlaag en brak af. Er schoten vonkjes uit het dashboard.

'Ben je gestoord?' Eddie rukte verwoed aan de knuppel. De helikopter schudde en begon in de lucht te kantelen. De motor kreeg geen brandstof meer. De rotorbladen begonnen te vertragen.

'Vat het niet persoonlijk op, Eddie.' Maddies ogen stonden emotieloos. 'Het was een slordigheidsfoutje.'

Eddie was buiten zinnen van woede. De helikopter stortte omlaag. Hij kon niets doen om hem in de lucht te houden.

Maddie had nauwelijks tijd te bevatten wat er vervolgens gebeurde.

Terwijl de helikopter slingerend en schokkend op het wateroppervlak af dook, wierp Eddie Stone zichzelf met zijn volle gewicht tegen de deur. De deur vloog open en Eddie tuimelde naar buiten. Met een onsamenhangende kreet greep Maddie naar de stuurknuppel.

Alex vocht voor zijn leven. Zijn vingers begonnen weg te glijden. Nog een paar tellen en hij zou vallen. Het lawaai van de motor was oorverdovend. De wind sloeg in zijn gezicht en maakte het onmogelijk zijn ogen open te houden. Hij had niet in de gaten dat het bruine water van de Theems onder hem door stroomde.

Plotseling veranderde het geluid. De motor brulde, sputterde en viel toen stil. De helikopter werd een dood gewicht boven hem. Er was iets vreselijk mis.

Hij wrong zijn ogen open en zag eindelijk waar ze waren. De helikopter dook op het water af. Wanneer ze zo neerstortten, zou hij door de klap verpletterd worden. Ineens zag hij iets uit de stuurloze machine vallen. Een man. Een man die uit de helikopter sprong en hulpeloos naar de rivier tuimelde.

Alex had slechts een fractie van een seconde om te reageren. Hij liet zijn benen van de stang zakken. Even bleef hij zo hangen, volledig uitgestrekt onder de helikopter. Hij ging ervan uit dat hij nog maar een paar tellen te leven had. Toen liet hij los en verdween de diepte in.

De kou wikkelde zich in een deken van luchtbelletjes om hem heen.

Hij trapte en maaide met zijn armen door het water. Verblind. Zijn oren sloegen dicht. Hij hield zijn adem in, zakte dieper weg in het graf van kolkend bruin water. De kou sneed als scheermessen in zijn huid. Hij wilde van pijn naar lucht happen. Het water inademen. Verdrinken en het achter de rug hebben.

De helikopter ging over op autorotatie, door de vlugge afdaling bleef er lucht onder de rotorbladen doorstromen. Zo werd een paar kostbare seconden lang voorkomen dat hij in een spin raakte.

Met beide handen greep Maddie de knuppel vast. Uitgestrekt over de pilotenstoel worstelde ze om de machine recht te houden. Ze wist dat de grond razendsnel dichterbij kwam. De hoge oever vulde de voorruit.

Door de dreun werden haar handen van de knuppel geslagen. Ze werd als een lappenpop door de cockpit gesmeten. Het enige wat ze op dat afschuwelijke moment zag was een hoge fontein die rondom haar omhoogspoot. Er kolkte water door de open deur naar binnen. IJskoud water.

De helikopter rolde op zijn zij en bleef stil liggen.

In paniek probeerde Maddie zich uit de veiligheidsgordel te bevrijden. Toen besefte ze dat de helikopter niet zonk. Hij bleef in een vreemde hoek drijven.

In een soort droomtoestand wurmde Maddie zich uit de gordel. Ze viel uit haar stoel en gleed door de openstaande deur op het water af.

Vrijwel meteen raakte ze de bodem. De modder zoog aan haar voeten terwijl ze overeind krabbelde. Het water was niet meer dan een meter diep.

De helikopter was vlak naast de oever terechtgekomen.

Verdwaasd lachend waadde ze naar de kant. Ze was zo uitgeput dat ze een paar keer struikelde en op haar knieën in de vette modder van de Theems belandde. Ze hoestte haar longen uit haar lijf. Ze had water binnengekregen. Klauwend trok ze zich verder omhoog en ze liet zich met een kreun plat voorover vallen.

'Maddie? Maddie? Gaat het wel?'

Twee sterke handen draaiden haar op haar rug. Ze mepte wild om zich heen, kokhalsde. 'Nee! Nee! Ga weg! Blijf van me af!'

'Maddie! Ik ben het!'

Ze deed haar ogen open. Alex stond over haar heen gebogen. In haar verbeelding althans.

Ze knipperde verwoed. Ze bleef hem zien. Het water droop van hem af. Hij zag er afgemat uit.

'Hoe... ben jij... hier... zo snel... gekomen?' bracht ze uit.

'Een lift gekregen.' Hij hoestte rivierwater op en liet zich naast haar neervallen.

Zonder nog iets te zeggen bleven ze zij aan zij op de kiezeloever liggen, starend naar de helderblauwe lucht.

Hun beproeving was voorbij.

De boten van de rivierpolitie patrouilleerden over de strook van de

Theems als bloedhonden die een spoor hadden ontdekt. Op de oever stonden zes politiewagens geparkeerd. Maddie zat zijwaarts op de achterbank van een van de auto's, met haar voeten op straat. Ze was in een deken gewikkeld en nipte aan een beker gloeiend hete koffie. Ze zat van top tot teen te rillen.

Tegen het zonlicht in zag ze agenten in uniform en in burger staan. Boven het muurtje langs de kade uit kon ze nog net de rotorbladen zien verdwijnen. De helikopter zakte almaar dieper in de modder.

Danny stond bij haar. Alex zat tegenover de auto op het muurtje naar het water te kijken, zijn brede schouders bedekt met een deken, zijn haar nat.

In het midden van de rivier was een speciaal onderzoeksteam bezig. Kikvorsmannen doken omlaag en kwamen weer boven.

Alex klom van het muurtje af en kwam naar Maddie toe lopen. Hij hield zijn stomend hete mok koffie met beide handen vast.

Ze keek op. 'En?'

Hij schudde zijn hoofd. 'Nog niks.' Hij wierp een blik achterom. 'Ze gaan ervan uit dat hij het niet overleefd heeft. Het water is steenkoud. En hij had die zware lange jas aan, die zuigt zich vol en trekt hem omlaag.'

Maddie kneep haar ogen dicht. In gedachten zag ze Eddie Stones grijnzende gezicht, dat haar van onder het troebele water aanstaarde. Ze huiverde. 'Dus hij is dood?'

'Dat zit er dik in, ja.'

Maddie zuchtte. Ze keek Alex aan. 'Zo had ik me het einde niet voorgesteld. Ik kom er maar niet uit of we gewonnen hebben of verloren.'

Danny kwam achter Alex staan. 'Volgens mij gewonnen. Er is

politie onderweg naar Addison Road. Als ze eenmaal die computerschijven hebben bekeken, valt het doek voor Stonecor.'

Maddie fronste. 'Eddie zei dat er meer was. Op andere adressen.'

Over zijn schouder keek Danny naar de rivier. 'Tja, wie weet. Maar daar heeft hij zelf weinig meer aan.'

Maddie stond op en liep naar het muurtje. Ze staarde naar het olieachtige wateroppervlak.

Zou Eddie Stone werkelijk dood zijn? Het was zo moeilijk te bevatten.

'Madeleine Cooper?' werd er geroepen. Maddie draaide zich om. Bij een van de surveillancewagens hield een agent een telefoon in de lucht. 'Telefoon voor je.'

Ze draaide de rivier haar rug toe en streek haar natte haar uit haar gezicht.

'De hoofdinspecteur,' zei de agent.

Maddie knipperde. Wie? Toen pas drong tot haar door wat hij bedoelde. 'Mijn vader?'

De agent knikte en gaf haar het toestel. Er was een spoedoproep naar Jack Cooper gegaan om hem van de situatie op de hoogte te brengen. Hij had zich meteen naar zijn dochter laten doorschakelen.

Maddie hield de telefoon tegen haar oor. 'Eh... hallo, pap. Met mij. Alles is in orde, hoor,' zei ze dapper. 'Met ons alle drie.'

Bij het horen van haar vaders stem werd ze ineens overmand door vermoeidheid. Ze zakte tegen de auto aan en klampte zich aan de telefoon vast als aan een reddingsboei. 'Pap?' fluisterde ze. 'Wanneer kom je naar huis?'

Maddie, Alex en Danny zaten stil voor Jack Coopers kantoor te wachten tot ze naar binnen werden geroepen. Tara Moon stond met over elkaar geslagen armen tegen haar bureau aan geleund, haar hoofd schuin, haar wenkbrauwen opgetrokken. Het was de dag nadat de helikopter in de Theems was gestort.

'Ze hebben zijn jas gevonden,' vertelde Alex. 'Toen het vloed werd, hebben ze hem bij Chelsea Reach uit het water gevist.'

'Alleen zat Eddie er zelf niet meer in,' voegde Danny eraan toe. 'Helaas, als je het mij vraagt.'

Tara glimlachte.

'Ze gaan ervan uit dat hij verdronken is,' zei Alex met een blik op Maddie. 'Hoewel niet iedereen daarvan overtuigd is.'

'Ik geloof het pas als ze zijn lijk vinden,' zei ze. 'Eerder niet.'

'Het was eb,' zei Danny. 'Hij is stroomafwaarts gedreven. Zijn lichaam kan onderhand halverwege Frankrijk zijn.'

'Of hij is naar de kant gezwommen,' hield Maddie vol. 'Dat is Alex ook gelukt.'

Ze kon Eddie Stones gezicht niet uit haar hoofd krijgen. De beelden bleven haar achtervolgen. Soms merkte ze dat ze verschrikt opkeek, in de verwachting dat hij ineens voor haar stond. Grijnzend. Wanneer de telefoon ging, durfde ze amper op te nemen uit angst om zijn stem aan de andere kant van de lijn te horen.

Hoofdinspecteur Cooper en zijn assistente waren eerder van de economische topconferentie teruggekeerd. Voor de zaak Eddie Stone moest al het andere wijken.

Na zijn aankomst in Londen had Jack Cooper zich er eerst van verzekerd dat Maddie in veiligheid was.

Ze was bang geweest dat haar vader haar de huid vol zou schelden, maar hij was te opgelucht om kwaad te zijn. Ze waren elkaar in de armen gevlogen.

Hij had erop gestaan dat Maddie zich door een politiearts liet onderzoeken. Die had verklaard dat haar niets mankeerde, behalve dat ze lichamelijk en emotioneel uitgeput was. Bij thuiskomst gistermiddag had ze zich op bed laten vallen en was meteen in slaap gevallen. Ze was tien uur onder zeil geweest.

Vanochtend had de hoofdinspecteur hun opgedragen een volledig verslag van het incident op te stellen. Hij wilde het nog dezelfde dag op zijn bureau hebben.

Nu zat het drietal nerveus op het vonnis te wachten.

De intercom piepte. Tara Moon boog zich over haar bureau en drukte een knopje in. 'Ja, meneer?'

'Stuur ze maar verder,' klonk Jack Coopers strenge stem.

Tara gebaarde met haar hoofd naar de deur.

Danny, Alex en Maddie keken elkaar even aan.

Alex stond als eerste op.

Terwijl ze Coopers kantoor binnenschuifelden, tikte Tara Moon op een traag, onheilspellend ritme op haar bureau. Het tromgeroffel waarmee veroordeelden vroeger naar de guillotine werden begeleid.

Over zijn schouder wierp Danny Tara een blik toe. 'Leuk hoor!' siste hij.

Ze gaf hem een knipoog en deed de deur achter hen dicht.

Hoofdinspecteur Cooper zat achter zijn bureau. Hun verslagen lagen voor hem uitgespreid. Hij keek ernstig.

'Interessant leesvoer,' bromde hij. Zijn blik gleed van het ene gezicht naar het andere. Van Danny naar Maddie naar Alex. 'Jullie hebben je hoofd koel gehouden, ondanks de moeilijke omstandigheden. Maar het had catastrofaal af kunnen lopen.' Zijn donkere ogen fonkelden. 'Ik hoop dat jullie daarvan doordrongen zijn.'

'Reken maar,' zei Danny.

Cooper legde hem met een blik het zwijgen op.

'Sorry, baas.'

'Alles in aanmerking nemend,' vervolgde Jack Cooper plechtig, 'ben ik bereid het feit dat jullie zonder toestemming vooraf hebben gehandeld door de vingers te zien.' Opnieuw zocht hij hun gezichten af. 'Wat de fouten betreft die jullie gemaakt hebben, kunnen jullie je eigen verslagen nog eens doornemen. Ik heb er wat opmerkingen aan toegevoegd. Ik ga ervan uit dat jullie die ter harte zullen nemen.'

Hij legde zijn hand op een dichtbedrukt vel papier. Niet een van hun verslagen. Het zag er officieel uit.

Cooper leunde achterover in zijn rolstoel. 'Eddie Stones lichaam is nog steeds niet gevonden. Dus we moeten er rekening mee houden dat hij de val misschien heeft overleefd. Ik heb zojuist contact gehad met de minister van Binnenlandse Zaken. Michael Stone wordt op de hoogte gebracht van de situatie.'

'Hij heeft het vast allang gehoord,' zei Maddie. 'Hij zal er niet blij mee zijn. We mogen wel oppassen voor wraakacties.'

'Zijn ze eigenlijk wel in een positie om wraak te nemen?' vroeg Alex.

'Ik sluit niets uit,' antwoordde de hoofdinspecteur. 'Als we wat Eddie Stone tegen Maddie heeft gezegd voor waar aannemen, kunnen we er niet zomaar van uitgaan dat Stonecor volledig van de aardbodem is verdwenen. Maar we hebben ze een zware slag toegebracht, dat staat wel vast. In het pand op Addison Road ligt een schat aan informatie, en Richard Bryson heeft ook al het nodige losgelaten.'

'En Celia?' vroeg Maddie. 'Is dat spook al terecht?'

'Nee, die is nog niet opgedoken,' antwoordde haar vader. 'Maar we zijn bezig in de hele stad Stonecor-medewerkers aan te houden.' Voor het eerst glimlachte hij. 'Jullie hebben knap werk geleverd, jongens. Ik ben trots op jullie.'

Alle drie zuchtten ze van opluchting.

'Wat is er met Grace en Henry gebeurd?' vroeg Maddie.

'Die zijn teruggestuurd naar Boston,' zei Cooper. 'Patrick O'Connor zal ze ongetwijfeld warm onthalen. Maar in elk geval heeft hij zijn diamanten en zijn dochter ongeschonden terug.' Hij keek naar Maddie. 'Hoewel, als hij een knip voor z'n neus waard is, telt alleen zijn dochter.'

Maddie glimlachte.

Jack Cooper pakte het vel papier op. Hij staarde er een poosje naar.

Maddie keek van Alex naar Danny, ze vroegen zich alle drie af of het gesprek erop zat.

De hoofdinspecteur boog voorover en schoof het document over zijn bureau naar voren. 'Lees dit eens door, Maddie.' Ze pakte het op. 'Wat is dit?'

'Een geheimhoudingsverklaring. Alle rekruten van PIC zijn verplicht die te ondertekenen.'

Maddie keek van haar vader naar het vel papier en weer terug. Aan zijn gezicht viel niets af te lezen. Danny grijnsde van oor tot oor, en Alex zat driftig te knikken.

'Heeft iemand een pen?' vroeg ze.

Danny viste er een uit zijn borstzak.

'Ik hoop dat je goed beseft wat dit inhoudt, Maddie,' zei haar vader. 'Je zult op gelijke voet staan met Danny en Alex. Je krijgt geen voorkeursbehandeling. Jullie hebben aangetoond prima te kunnen samenwerken. Er zullen zich in de toekomst vast vaker gelegenheden voordoen waarbij jullie als team kunnen opereren.' Zijn ogen glansden. 'Minder riskante gelegenheden, wat mij betreft.' Hij pakte het ondertekende formulier van Maddie aan en stopte het in een map. 'Ingerukt,' besloot hij.

Ze stonden op en liepen zijn kantoor uit. Maddie was dolgelukkig. Een baan bij PIC aangeboden krijgen was wel het laatste wat ze had verwacht na alle gebeurtenissen.

Tara keek op van haar bureau. 'En, hoe ging het?'

'Ik... ik heb een vaste baan gekregen,' bracht Maddie uit. 'We mogen voortaan vaker met zijn drieën samenwerken!'

'Ja, we zijn nu officieel partners,' vertelde Danny glunderend.

Alex lachte. 'En met Maddie in het team mogen die criminelen wel oppassen!'